你好！大诗人

仰望苍穹 叩问天

屈原

《国家人文历史》 著
李思苑 绘

中信出版集团 | 北京

目录

你好，我是屈原 2

楚王家谱 / 屈原家谱 4

第一章 屈原和他的时代 7

第二章 屈原的诗世界 25

第三章 屈原和我们的今天 81

你好，我是屈原

我的"屈"不是"弯曲"的"曲"，"原"也不是"圆形"的"圆"。我生活的年代与你们相距遥远，但我和你们一样，喜欢看书，有时安静，有时活泼，既会唱歌，也会跳舞，还喜欢问"为什么"。我的梦想很简单，就是成为一个能为楚国做贡献的人，虽然圆梦路上有挫折，也遭遇过失败，但我从未放弃。我把有关我和楚国的一切都写进诗里，诗中有我的想象、牢骚和很多真心话，它是我的独白，也是我留给这个世界的礼物。我希望有一天你能打开这份礼物，进入诗的世界，随我畅游两千多年前的楚国，我相信这将是一趟让你大开眼界的旅行。还在犹豫什么呢？跟我一起出发吧。

基本信息

- 姓：芈
- 氏：屈
- 别称：屈子
- 名：平（自云"正则"）
- 字：原（自云"灵均"）
- 生卒年：约前340—约前278年
- 出生地：可能是丹阳（今湖北秭归西北）
- 作品数量：25篇
- 头衔：最早的爱国诗人

大事记

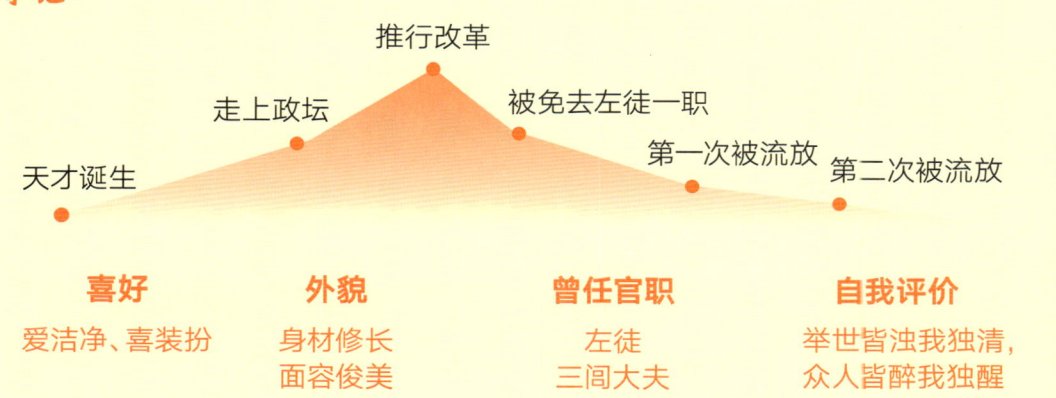

喜好	外貌	曾任官职	自我评价
爱洁净、喜装扮	身材修长 面容俊美	左徒 三闾大夫	举世皆浊我独清， 众人皆醉我独醒

关于屈原，你需要知道

其实他姓芈："姓氏"这个词代表一个人所属的家族，而在屈原生活的时代，"姓"代表家族系统、血缘关系。"氏"代表同姓大家族下的小家族，可以官爵或封地为氏。屈原的"屈"是他的"氏"，因其祖先被分封到屈地而来。屈原虽属芈姓大家族的一分子，但当时流行"称氏不称姓"，所以，只能称他屈原或屈平，而不能称芈原或芈平。

特别的生日：那时人们对时间的认知也和我们不一样。古人通过观察岁星（木星）的运行规律发明了岁星纪年法——木星由西向东运行，约每十二年就绕天一周，所以把天空划为十二个区域，木星每转完一个区域为一年。屈原出生那年，木星刚好停在"寅"这个区域，所以为寅年。屈原在《离骚》中提到，自己出生于寅月寅日。这是古人认为的一年中最吉祥的日子，屈原的生日，正体现了诗人与生俱来的尊贵不凡。

屈原家谱

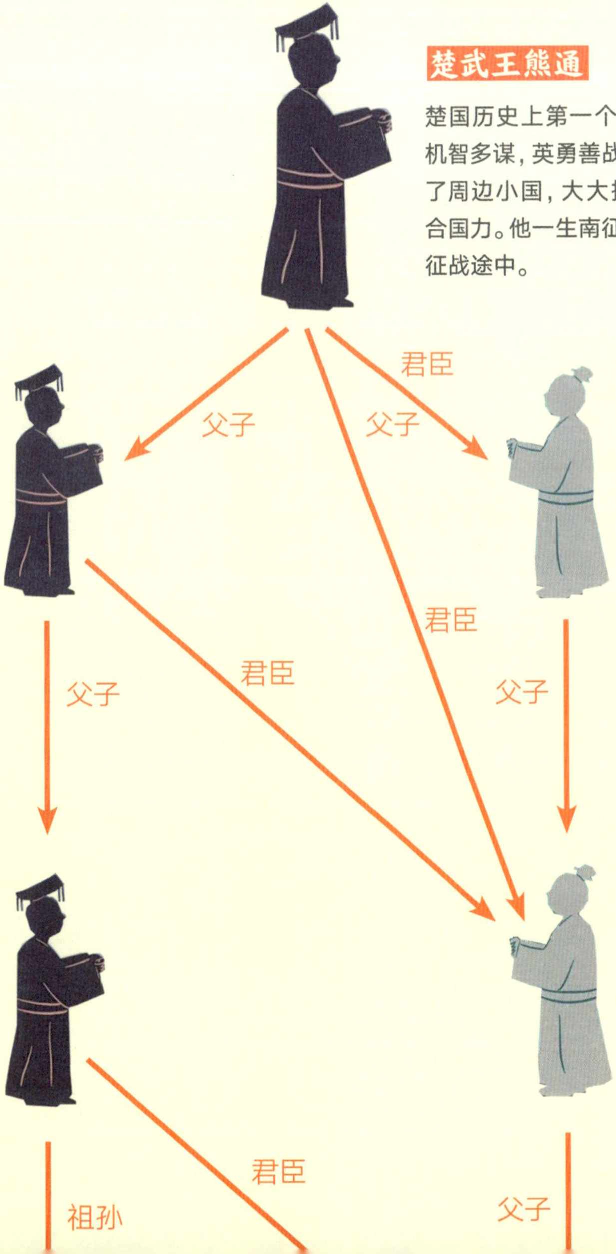

楚武王熊通

楚国历史上第一个称王的君主，他机智多谋，英勇善战，带领楚人征服了周边小国，大大提高了楚国的综合国力。他一生南征北战，最终死于征战途中。

屈瑕

熊通之子，在楚国任莫敖，掌管楚国军事与外交，可领兵出征。屈瑕在好几次对外战争中取得胜利，为楚国开疆拓土做出重要贡献，楚武王将屈地赏赐于他，"屈"氏由此而来。

屈重

屈瑕之子。屈瑕在一次战争中由于傲慢轻敌，导致楚军大败。屈瑕没有脸面回去见楚王，自缢而死。楚武王命其子屈重担任莫敖，此后楚国莫敖一职，由屈氏家族世代接任。

楚王家谱

楚文王熊赀

熊通之子。文王即位后，将楚国都城从丹阳迁移到郢（今湖北荆州市荆州区西北），此后楚人无论将都城迁到哪儿，都会以"郢"来命名自己的都城。

楚成王熊恽

熊恽在位四十多年，将楚国疆域扩展到千里之外。楚国越来越强大，具备争霸实力。

屈完

屈重之子。口才了得，有胆有识。当时有八个国家联合集结军队讨伐楚国，屈完作为楚国务正使者，不卑不亢，与联军盟主齐桓公谈判。最终齐桓公同意议和，双方签订盟约修好。

屈建

楚庄王在位期间任职，从莫敖升为令尹，总揽军政大权于一身，一人之下，万人之上。

屈原之父伯庸

屈原的先祖地位尊贵，担任要职，无论在军事还是外交方面都为楚国立下汗马功劳，但到屈原父亲伯庸这一代家道衰落。伯庸本在朝中做官，为楚尽心效力，后来因为犯了过错离开楚都。尽管出身于没落的贵族家庭，屈原却始终以自己是楚王后代而自豪，并以先辈为榜样，立志报国，将自身的前途命运紧紧联系在楚国的命运上。

楚庄王熊侣

熊恽之孙。据说楚庄王即位前不务正业，整天只知道吃喝玩乐。他曾将自己比喻为山上的大鸟："三年不飞，飞将冲天；三年不鸣，鸣将惊人。"后来楚庄王果然奋发图强，楚国在他的治理下成为南方的超级大国，他也实现了称霸的梦想。

祖孙 →

楚康王熊昭

熊侣之孙。楚国强大起来后，对周边国家构成威胁。楚康王在位期间，与强国晋国经常发生摩擦，战争使百姓经常发生摩擦，也让两国君臣疲惫不堪，大家都想过上和平安宁的日子，于是楚晋两国达成共识：结束战争，平分霸权。

君臣

（过了约200年）

楚威王熊商

楚威王在位期间，楚国疆域达到最大。

君臣

第一章 屈原和他的时代

楚国是一个什么样的国家?

战国时期,由于周王室不断衰落,分封出去的诸侯在他们的封地上自立为王,各自为政。为争夺霸主地位,诸侯国之间战争频繁。在屈原生活的时代,大国吞并小国已成常态。当时出现了七个较强的诸侯国——秦国、楚国、齐国、燕国、赵国、魏国、韩国,史称**"战国七雄"**。其中楚国的疆域最大、人口最多,整个长江中下游都是楚国的地盘,包括今天的湖北、湖南、江西、安徽等地的全部或部分。

在地处黄河流域的中原诸侯眼中,楚国虽然国土广袤,却是个与中原文明不同的文化异类,楚人在当时被他们视为"野蛮人"。话说很久很久以前,周天子分封楚国第一任国君熊绎时,把这块远离中原的蛮荒之地给了他。这里到处都是深山老林,草莽丛生,荆棘密布。熊绎率领部众开荒垦地,征服了散落在丛林中的原始部落,终于在这里站稳脚跟。慢慢地,楚国发展壮大起来,还吞并了长江中游许多大小邦国,成为能与整个中原相抗衡的一方势力。尽管如此,楚国还是因为位置偏远,不够"文明",被中原诸国看不起。

难道楚文化真的比中原文化低一等?当然不是。**楚人本就是中原民族的分支,**

楚文化与中原文化有着千丝万缕的关联，又因为楚国特殊的地理位置，它同时吸收了南方本地文化的精华，创造出独特而灿烂的楚文化。

楚人深信，自然界的诸神是与人同在的，这与中原文明不同。由于立国之初，楚人的生存空间狭小、凶险，他们要与狂风、暴雨、莽林、猛兽、烈火搏斗，能够活下来已是不易。楚人祖先对世界的认知非常有限，他们并不理解与自己生活相伴，甚至对自己产生威胁的自然现象，比如闪电、暴雨，认为这些是冥冥之中神灵的安排。久而久之，他们把整个世界看成是人神鬼共享，能沟通彼此的天地。当时上至楚王，下至普通老百姓，**无论国家大事还是日常生活问题，他们都愿意求助神鬼，探知神意**。而巫师就是沟通人神、与神灵打交道、询问吉凶的中间人。

随着楚国疆域不断扩张，江南水乡等富庶之地也被其纳入版图，楚人不再为饿肚子发愁。尽管中原文明的主流早已"不谈鬼神"，但楚人仍坚持他们的传统，祭祀鬼神，崇尚巫风，**自称是祝融的后代**——据说正是祝融传下火种，教会人类使用火，所以被称为火神。以火神后代为荣的代代楚人，就是在这种氛围中成长的，自然与中原人不大一样，他们开放、浪漫、特立独行、充满想象力。这片特殊的土壤孕育了另类的楚人，创造出另类的楚文化。现在来看，无论是楚地出土的珍贵文物，还是本书主角屈原留下的名篇，都存留着那个奇幻华丽世界的丰富信息，召唤我们去发现、去探究。这也是我们接触几千年前神奇的楚国文化遗产时，需要了解的前提。

楚人生活的世界

物质生活

屈原的故乡总给人一种仙神鬼魅气息弥漫的神秘印象，楚人的生活究竟什么样？让我们通过几件"国家宝藏"看看吧！

彩绘龙凤纹盖豆

所属时代： 战国　　**出土时间：** 1978年
出土地点： 湖北随州　　**现存地：** 湖北省博物馆

豆，在古代是指盛放腌菜、肉酱等的器皿。这件彩绘龙凤纹盖豆出土于著名的曾侯乙墓，由盖、器身两部分构成，由于漆的保护，这件两千多年前的器物看起来光亮如新。我国是世界上最早使用漆的国家，漆是漆树的分泌物，能够在器物表面形成薄膜，用来保护和装饰器物。漆树主要生长在南方，在屈原所处的时代，楚国漆器制造工艺独步天下，楚国贵族们对漆木器情有独钟，他们以拥有漆器的数量及其精美程度来彰显其身份地位，没有什么能比这件精雕细刻的食器更能昭示曾侯乙墓墓主曾国君主的身份了。

云纹铜禁

所属时代： 春秋晚期　　**出土时间：** 1978年
出土地点： 河南淅川　　**现 存 地：** 河南博物院

禁，是放置饮酒用具的案台，最早流行于三千年前的周王朝。当时严厉禁止周人酗酒，连承放酒具的案台也被称为"禁"，就是劝诫周人不要贪杯。与中原一带朴素的铜禁不同，这件云纹铜禁显然华丽得多！长约一米三一的案台四周，十二只龙形怪兽张嘴吐舌攀附在案台上，舌头翻卷至台面之上，似乎在盯着美酒，垂涎欲滴。铜禁底部中空，四周铺满象征云彩的云纹。下方蹲伏着十二只虎形怪兽，它们张口吐舌，气喘吁吁地托着案台。能制作如此复杂的铜禁，说明两千多年前的楚人就已经掌握高超的青铜铸造工艺了！

郢爰

所属时代：战国　　**出土时间**：1982年
出土地点：江苏盱眙　**现 存 地**：南京博物院

经济发达的楚国拥有丰富的黄金资源，我国最早的黄金铸币便出现在这里，如著名的郢爰。"郢"是楚国都城名，"爰"为战国金币，"郢爰"就是流通于战国时楚国的金币，因为表面有"郢爰"印记而得名。楚人使用金币时，需要把一整块金版（或金饼）切割成零星小块，不同的重量对应不同的"币值"，一般只有在进行诸侯国间礼聘、游说诸侯、国君赠赏、大宗交易等重要事务时才会使用。至于小额支付，寻常百姓会使用楚国特有的铜铸币。有的币正面看起来像人在做鬼脸，所以又称"鬼脸钱"。

精神世界

祭祀是楚人生活非常重要的一部分。每次举行祭祀盛典时，巫师们总会穿戴华美的服饰载歌载舞，相信神灵会被他们的音乐和舞蹈所感动，进而保佑这块土地和土地上的人民。盛典上，自然少不了音乐。

青铜编钟

所属时代：战国　　　出土时间：1957年
出土地点：河南信阳　　现存地：中国国家博物馆

编钟是用青铜制成的打击乐器，古代乐器中，它的地位最高，规模最庞大，制作起来颇为复杂。凡是遇到重大场合，比如宴享、祭祀等，古人都会使用编钟奏乐。这套出土于长台关的编钟虽然只有十三片，却是1949年后考古工作者在楚墓中发现的第一套完整的青铜编钟。1970年，我国第一颗人造地球卫星"东方红1号"升空，播放的乐曲《东方红》，就是用这套编钟演奏的。直到今天，人们仍然可以用它演奏乐曲。

虎座鸟架鼓

所属时代：战国
出土时间：2002年
出土地点：湖北枣阳
现 存 地：湖北省博物馆

鼓是楚人祭祀盛典上不可缺少的乐器，巫师会在盛典上跟随鼓点边歌边舞，沟通鬼神。这件虎座鸟架鼓就曾是楚人盛典的见证者。楚人爱放飞想象，他们把不同种类的事物不拘一格地拼凑在一件器物上，形成独特的混搭风格。鼓的底座是两只昂首卷尾的老虎，老虎脚下六条蛇相互缠绕，虎背上各立一只凤鸟，引吭高歌。两只小兽站立在鸟背上用力托起大鼓，憨态可掬的模样实在可爱。这在当时是一件实用的乐器，现在看来更是充满想象力与浪漫色彩的艺术品。

人乘龙形玉佩

所属时代：春秋晚期至战国早期
出土时间：不详
出土地点：湖北荆州
现 存 地：荆州博物馆

这件玉佩出土于湖北荆州熊家冢墓地，那是一座规模大、规格高、布局完整的春秋战国时期的楚国墓地，出土各类玉器两千多件，其中有不少龙形玉佩，因为楚人相信，他们的灵魂乘龙御风便可飘游升天。该玉佩由一人一龙组成，人站在龙尾处，双手捧于腹部，小心翼翼跟随盘旋飞舞的神龙腾空而上，等待进入另一个世界。

复制品

《人物龙凤帛画》《人物御龙帛画》

所属时代：战国　　**出土时间**：分别出土于1949年、1973年
出土地点：湖南长沙　　**现 存 地**：湖南博物院

楚人深信，死后他们的灵魂可飞升上天，过上神仙的自在生活。古老的《人物龙凤帛画》和《人物御龙帛画》，便展示了楚人对"升仙"的想象。

这两幅帛画出土于两座战国时期的楚墓。《人物龙凤帛画》中的妇人是墓主人。她身着广袖长裙，等待龙凤引导她的灵魂升天。《人物御龙帛画》则描绘了一位男性墓主人，他驾驭飞龙腾云升空，正欲进入另外一个世界。楚人真的相信乘龙驾凤即可灵魂升天，我们伟大的诗人屈原生活在这片土地上，很难不受到影响。

楚人为何对凤鸟情有独钟？

这与楚人祖先祝融有关，传说祝融死后化为凤鸟，凤便成了楚人眼中祖先的象征和沟通天地的使者。楚人认为它不仅是楚人的吉祥鸟，也有着导引人们升天成为神仙的超能力。

屈原大事记

初登政坛

屈原从小聪明好学、口齿伶俐，在长辈眼中，他就是那颗冉冉升起的明日之星。青少年时代，屈原便被推荐去兰台之宫继续学习。兰台之宫在楚国的都城郢，那里是楚国文人学子读书讲学必去的圣地，来自各地的青年才俊汇聚于此，学习楚国的历史文化、法令制度。**正是在兰台之宫，屈原迎来了他人生中的第一次重要转折。**

有一天，楚怀王熊槐在兰台之宫遇到了一个衣饰华美讲究的男子。得知这个美男子就是大名鼎鼎的屈原，楚怀王与他交谈起来，从文学历史到国家的前途命运，二人无所不谈，相谈甚欢。因为这次偶然的相遇，**屈原获得了楚怀王的信任，开始担任左徒一职，从此登上楚国政坛**。左徒是楚国特有的官职，地位仅次于最高官职令尹，主要负责起草诏令，为楚王出谋划策，同时也参加外交活动，接待各国使者。在风华正茂的青年时代就获得楚王的重用，屈原信心大增。他毫不怀疑，楚国会在楚怀王的带领下愈加强盛，成为未来真正的天下霸主。

问题来了

为什么屈原对楚国未来信心百倍?

屈原少时,楚国正逢盛世,有"东方第一大国"之誉。但若想在战国七雄中称霸,还有一个必须解决的劲敌——西北方虎视眈眈的秦国。

秦国和楚国都曾因地处偏僻而被中原诸国看不起,两个"难兄难弟"时常结盟。经过几代君主变革图强,秦国国势渐强,并通过战争不停扩大疆域,终于威胁到了楚国的安全。

两国关系最终破裂,起于对"商於之地"的争夺。商於之地位于秦楚交界要道,是楚国最早的封地,也是楚人祖先最早生活的地方,楚国贵族死后都要埋葬在这里。然而这片对楚人来说意义非凡的土地,却被秦国毫不留情地夺走了。直到楚怀王执政时,商於之地仍属秦国,甚至成为使秦国富强的大功臣商鞅的封地。

楚怀王亲眼见证秦国的巨变,下定决心推动改革,以发展国力,与秦国一争高下。时代的变革就像瞄准靶心的利箭,一触即发。

开始改革

屈原担任左徒后,**着手做的第一件大事就是在楚国推行改革**。他曾听老师讲过楚国改革的往事:很多年以前,一位叫吴起的军事家,为了壮大国力,在楚国掀起了一场改革风暴。这场大变革确实让楚国面貌焕然一新,但也触犯了不少人的利益,吴起成了他们的眼中钉,最后被乱箭射死,结局悲惨。屈原非常清楚,在楚国推动改革可是项浩大繁巨的工程,它涉及政治、经济、军事等社会生活的方方面面,必定会得罪人,甚至很有可能重演吴起的悲剧,但为了实现国家富强的政治理想,他还是坚定地做好了准备,接受任何可能的结局。

而这一次,一切似乎进展得很顺利。屈原时常与楚怀王秘密会谈,商讨改革内容,修改和制定各类法令,比如奖励农耕、限制贵族权力和选拔优秀人才,甚至提出一统天下的宏大愿景。对于屈原的建议,楚怀王通通表示支持。备受信任的屈原在楚国政坛如鱼得水,不单改革初见成果,还为楚国找到了外交盟友,联手对抗强秦。而他不知道的是,此时,**有不少在过去得利的旧贵族,已经将他视为眼中钉,正密谋把他赶出权力中心,让他远离楚怀王。**

问题来了

屈原到底得罪了谁?

这个问题得从楚国所处的国际形势说起。楚国疆域广大,邻居不少:西北与秦国接壤,东北与齐国相邻,北边还有韩、魏、赵、燕四国。秦、齐、楚实力相当。楚国与秦、齐均接壤,夹在中间,相当尴尬。从楚威王开始,楚国就定下了合纵抗秦的基本国策,即秦国东部自北向南纵向分布的六国联合起来,一起对付秦国。

当时楚国内部有两派势力:亲齐派和亲秦派。这两派势力相互斗争,有时以屈原为代表的亲齐派占上风,有时秦国暗中支持的亲秦派更胜一筹。亲秦派视屈原为眼中钉,时刻想把他踢出局。

失去信任

有一天，同样贵族出身、身居高位的上官大夫找屈原商讨更改法令的事。他希望屈原能修订某些条款的内容，结果却被屈原拒绝了。上官大夫恼羞成怒，跑到楚怀王面前一通告状：大王，您让屈原起草法令，说明您对他非常信任。可是每当有新的律法条文颁布，屈原就把功劳记在自己头上，还到处炫耀，说这样的大事，没有他可干不成，楚国没有谁的才能超过他屈原……他根本没把您放在眼里。现在楚国上上下下都说是他在推行改革，没人提起您啊！

楚怀王对上官大夫也颇为宠信。虽然他也很器重屈原，可他已经不是第一次听说屈原的种种传闻了。听得多了，楚怀王就渐渐地从将信将疑变得信以为真，开始疏远屈原，对待改革的态度也不再像以前那样积极。**不久，屈原被免去左徒一职，改革一事就此中断**。屈原开始担任三闾大夫，负责教育贵族子弟。

问题来了

谁在反对屈原？

除了上官大夫对屈原不满，其他还有楚国大臣靳尚、楚怀王夫人郑袖、楚怀王儿子子兰……他们有个共同特征：都是亲秦派，而且受人指使。谁是幕后主谋呢？他就是历史上大名鼎鼎的"外交家"——秦国张仪。

张仪代表秦国出使楚国，肩负瓦解屈原促成的齐楚联盟的重要使命。张仪知道，若使齐楚彻底断交，就得把楚国的亲齐派拉下马，让楚怀王不再听从他们的建议。到了楚国后，张仪按计划马上给上官大夫送了大礼，用重金收买亲秦派人士。他的精心谋划没有落空，亲齐派的代表屈原不得不离开了楚国的政治中心。

遭遇放逐

虎视眈眈的秦国、举棋不定的楚王、复杂的外交关系、亲秦派的排挤和谣言，全都牵动着屈原的命运。屈原实在摸不透楚怀王的心思，总是惹他生气，终于在一次争论后，楚怀王再次解除屈原职务，将他**逐出郢都，流放汉北**（今汉水上游）。

此时的屈原无疑是失意、惆怅与愤懑交织的。虽然楚怀王将他放逐，可毕竟对他有知遇之恩，屈原无疑愿以一片赤诚之心回报怀王，为楚国的未来殚精竭虑。然而怀王轻信谗言、疏远良臣，着实让屈原这位理想主义者备受打击，可他并不仅仅是在为自己深陷小人谗言而愤懑，更是为楚国的前途命运忧虑不已。

忧思比步履沉重，胸中填塞哀歌，屈原就这样踏上流放之旅。他拿起了笔，开始写诗自述自己的身世与遭遇，这便是我们一代代不断吟诵的名篇《离骚》："**帝高阳之苗裔兮，朕皇考曰伯庸……**"

公元前299年，秦王约楚怀王到武关（在今陕西丹凤东南，武关河北岸）会盟，此时屈原已经从流放地返回郢都。**他担心楚怀王安危，坚决反对这次会见**。而亲秦派的怀王幼子子兰却力劝父亲赴约，不要得罪秦国。果然不出所料，楚怀王一到武关，就被秦国作为勒索土地的人质扣留。为了摆脱秦国的威胁，楚国赶忙立太子熊横为王，这就是楚顷襄王。

楚怀王在秦国一待数年，最终大病一场，客死异乡。

经过这次变故,楚国上下几乎被秦国势力掌控,与亲秦派政见不同的屈原被革职,第二次遭遇放逐。**屈原这次一走十几年,再也没有回去过。**

问题来了

为什么楚怀王总是摇摆不定?

楚国在与秦国的对峙中一步步败下阵来,张仪是影响其中局势的关键人物。话说某日,作为秦国特使的张仪拜见楚怀王,他很诚恳地说:"只要您愿意与齐断交,秦国就把六百里商於之地送予楚国。"楚怀王大喜,他当即答应张仪,并赶忙派使臣赶赴齐国。屈原听说后坚决反对,然而楚怀王沉浸在即将收回故土的喜悦中,哪里听得进他的劝告呢?

楚怀王派使臣跟着张仪赴秦国接收土地。可一到秦国,张仪便对外称病,一连几个月闭门谢客。商於之地问题迟迟没有解决,楚怀王以为是与齐国断交不够彻底,便又派勇士去齐国大闹一番。谁料,楚国不仅没有得到失地,曾经的盟友齐国也转而与秦国结交了。

中了张仪奸计的楚怀王大怒,举兵征伐秦国。几次大战下来,楚国不仅损兵折将,六百里汉中之地(今陕西、湖北之间地)也为秦人抢占,国力大大衰弱。楚怀王被张仪耍得团团转,自然对他怀恨在心。然而楚怀王身侧早已被布下靳尚、郑袖等一众亲秦派,他们天天在楚怀王耳边灌输"不杀张仪"的好处,在楚怀王的一次次摇摆犹豫中,张仪安然脱身了。

诗人之死

楚怀王已死,屈原也被流放,哀伤悲恸之情被这位漂泊的旅人用绵绵长诗来寄托。"**魂兮归来！反故居些**。"这声声呼唤仿佛至今仍然清晰可辨:灵魂啊,归来吧,回到你的故乡！

当国家一步步滑入万劫不复的深渊,流放的屈原也彻底成了无根之木,他又能飘零到何处去呢？

公元前278年,楚国郢都被秦军攻破。听闻这一重大变故,诗人感到最后的一丝希望也破灭了。他在流放途中听到秦楚再次联姻的消息,一日披头散发,低吟楚歌,漫无目的地走到汨罗江（位于今湖南东北部）畔,在这里,他遇到了一名渔父。渔父问:"三闾大夫,你为何会有这般际遇？"屈原长叹:"**举世皆浊我独清,众人皆醉我独醒！**"渔父开解道:"你也可以跟大家一样啊,何必太过清高,落得如此下场！"屈原回答:"我宁愿跳到江中葬身鱼腹,也不愿意让自己的纯洁品质蒙尘！"渔父微微一笑,高歌着"**沧浪之水清兮,可以濯吾缨……**"便泛舟而去。

屈原踽踽独行于汨罗江畔,深感世间无可留恋,他抱起石头,投身江中,只留下沧浪之水的泛泛回响……

屈原死了,但他的诗歌却传续下来,保存着两千多年前那个浩荡沉浮的大时代弥足珍贵的东西、一些依旧生动的古老传说的浪漫气息,还有这位诗人于烟波间徘徊时的低语和呼唤,这便是我们即将来到的屈原的诗世界。

第二章 屈原的诗世界

第一节
推开诗世界的大门

阅读屈原之前,让我们先回忆一下,你读过的诗是什么样的?在屈原生活的时代,诗又是什么样的呢?

诗的诞生

这个世界上存在很多东西能让我们感到幸福，而中国人对其中一些有着与众不同的理解，比如花样繁多的中国美食，又比如传唱千年的古代诗歌。因为诗，自然中的风花雪月成了与我们心灵相通的知己，每个寻常的日子有了隽永绵长的意义。几千年来，中华民族就是这样**在诗意中栖居**的。

中国的诗歌已经走过几千年的漫长旅程，逐渐形成四言诗、五言诗、七言诗、乐府诗、词、曲等形式，用精练的用语，组成一个庞大而细腻、丰富且独特的诗歌的世界。而你是否想过，**这个诗世界究竟是如何诞生的呢**？

让我们回到文字系统尚未形成的时候。那时的原始先民还没有发展出丰富的语言文字。他们为了生存，要外出采集、渔猎；为了栖身，他们要搭建房子。一个人的力量毕竟有限，几个人凑在一起共同劳动，免不了要沟通。比如众人合力抬木头，正觉得吃力时，一个人突然叫道："**嗨哟嗨哟！**"鼓励大家加把劲。

这种有规律、有节奏的呼声虽然还称不上是文学作品，但也正是先民最简单的呼声，为后来有韵律、有节奏的诗歌的产生打下了基础。今天我们所能看到的载于东汉《吴越春秋》中的**上古歌谣《弹歌》**，写的就是原始先民的一次狩猎，全诗只有短短八个字：" **断竹，续竹，飞土，逐宍。**"用简单的二言句式，完整记录了从制作工具到出发狩猎的全过程，可见**诗歌与生活从一开始就是紧密相连的**。

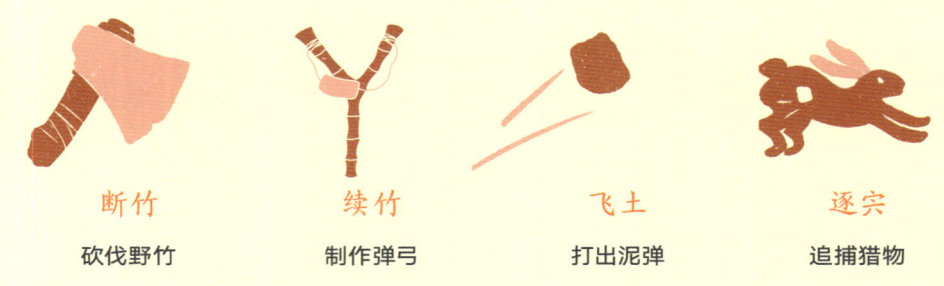

断竹	续竹	飞土	逐宍
砍伐野竹	制作弹弓	打出泥弹	追捕猎物

记载在《吕氏春秋》中《候人歌》更简短，只有一句话："**候人兮猗。**"

《吕氏春秋》里写，传说大禹治水，来到涂山，与此地一女子相遇。而大禹有治水要务在身，便远走巡视了。涂山女日夜思念大禹，吟唱出了这句"候人兮猗"。**其中后两个字"兮""猗"是语气助词，相当于现代汉语中的"啊""呀"，表达内容的仅剩两个字"候人"，意为"等你"**，直白地道出了中心思想。

如果说"嗨哟嗨哟"只是先民自然而然发出的劳动呼声，那么《弹歌》和《候人歌》的出现，则意味着它们正式叩响了诗世界的大门。**直到春秋时期我国的第一部诗歌总集《诗经》出现**，精彩的诗歌世界为我们正式拉开了帷幕。

理解屈原，从《诗经》开始

作为我国最早的一部诗歌总集，《诗经》成书的时代比我们故事的主角屈原所处的时代要早几百年。让我们把时间往回拨，**先看看之前的《诗经》是什么样子，才能明白屈原的作品到底好在哪里**。

诗从这里来

西周时，相传周王室设置有一种官职，叫"遒人"或"行人"，他们的任务就是到民间搜集各种诗歌，再带回去整理加工，这很可能就是《诗经》的作品来源。

《诗经》
共305篇诗作。
收录上至西周初年，下至春秋中叶，从今山西、陕西一带，到山东、河南和长江、汉水地区的诗歌。

这些搜集来的民间歌谣，加上一些贵族所作的仪式乐歌，据传经过孔子整理，形成了《诗经》的初始面貌，称为《诗三百》，甚至直接独霸了"诗"这个名字。**直到西汉，才有"诗经"之名，意思是"诗的经典"。**

遗憾的是，如此经典的作品，由于形成时间实在漫长，距今也很久远，我们无法知道写诗的民间高手到底是谁，只能根据保留在诗中的线索，推测他们的蛛丝马迹，描摹出一个个遥远又模糊的影子。

诗里写什么？

 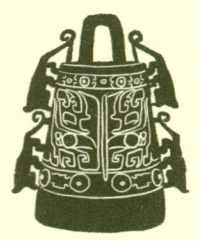 

《风》：160篇。来自十五个诸侯国，多为民间歌谣，也是《诗经》最精彩的部分。

《雅》：105篇。周王朝京都地区举行宫廷典礼时的乐歌。

《颂》：40篇，宗庙祭祀的乐歌，多为歌功颂德的舞曲歌辞。

《诗经》中有不少爱情诗，字里行间都是上古时代自由恋爱的痕迹。爱情的阴晴圆缺全都写在了诗里。

单身情歌：《周南·关雎》

关关雎鸠，在河之洲。窈窕淑女，君子好逑。
参差荇菜，左右流之。窈窕淑女，寤寐求之。
求之不得，寤寐思服。悠哉悠哉，辗转反侧。

《诗经》首篇《周南·关雎》，正是一曲青年男子思念心上人的单恋之歌。"关关"是拟声词，形容鸟的叫声，"雎鸠"指的是捕鱼的鱼鹰，传说它们雌雄形影不离。这首情诗，首句不写男子相思，而写雌鸟雄鸟关关地鸣叫应和，引出男子对淑女的追求，这就叫**以物起兴，即借助其他事物作为发端，以引出所要歌咏的内容**。"窈窕淑女，君子好逑"就是**以"赋"的方式把男子追求淑女这件事完整地表述出来**。而雎鸠鸟鸣叫相和与男性求偶的行为有一定的相似性，**带有"比"的意味**。这开篇短短十六字，把赋、比、兴用得炉火纯青，难怪《关雎》被放在《诗经》的第一篇。

甜蜜恋曲：《邶风·静女》

静女其姝，俟我于城隅。爱而不见，搔首踟蹰。
静女其娈，贻我彤管。彤管有炜，说怿女美。
自牧归荑，洵美且异。匪女之为美，美人之贻。

爱情是文学永恒的主题，《邶风·静女》讲的是一对情侣约好在城墙角楼见面的故事。男子赶到时，女孩故意躲起来，急得他挠着头走来走去，在男子眼中，这是多么调皮可爱的"静女"。她还不断给男子惊喜，既送他彤管，又赠他郊外采的荑草。彤管是什么？有人猜是红色的毛笔，有人猜是涂上红漆的乐器，还有人认为是一种内里中空、管形的红管草。不管它是何物，男子收到礼物后连连称叹："**匪女之为美，美人之贻。**"不是这礼物有多好，而是被女子的情意打动。

分手宣言：《召南·江有汜》

江有汜，之子归，不我以！不我以，其后也悔。
江有渚，之子归，不我与！不我与，其后也处。
江有沱，之子归，不我过！不我过，其啸也歌。

人有悲欢离合，月有阴晴圆缺。当一段亲密关系难以维持下去，数千年前的古人会怎么做？《召南·江有汜》的主人公面对丈夫的狠心离去，勇敢地发出了"**不我以，其后也悔**"的分手宣言："你不带我一起走，将来有你后悔的日子。"汜水是长江的一条支流，诗中以"江有汜"起兴，暗示女子的家庭生活走到了尽头，那个分开的支流，就像诗中的女子和男子，一别两宽。"**之子归，不我以**"，心爱的人离她而去，"其后也处""其啸也歌"，无论他多后悔、多悲伤，都不再与她相关了。

虽然爱情诗在《诗经》中占了很大比例，但并非唯一主题，**里面还有很多记录当时社会生活点滴的诗作。**

描述贵族宴会的《小雅·鹿鸣》

呦呦鹿鸣，食野之苹。我有嘉宾，鼓瑟吹笙。

全诗以群鹿在原野上鸣叫、吃草起兴，引出了一场盛大的宴会。宴会上有隆重的音乐，有礼物馈赠，气氛欢快而热烈。

讽刺时弊的《小雅·节南山》

节彼南山，维石岩岩。赫赫师尹，民具尔瞻。忧心如惔，不敢戏谈。国既卒斩，何用不监！

巍巍南山，重峦叠嶂，那显赫的太师尹氏，人们都指望着你。仁人君子忧心如焚，再也不能谈笑风生。国家的气运眼看就要断绝，你为何熟视无睹？

控诉统治者索取无度的《魏风·硕鼠》

硕鼠硕鼠，无食我黍！三岁贯女，莫我肯顾。逝将去女，适彼乐土。乐土乐土，爰得我所。

大老鼠呀大老鼠，不许吃我种的黍！多年来我这样伺候你，你却愈加贪婪。所以现在我决定要离开你，到一个更好的地方去，那乐土才是我所要的家园。

歌颂军士袍泽之情的《秦风·无衣》

岂曰无衣？与子同袍。王于兴师，修我戈矛，与子同仇！

谁说我们没衣穿？与你同穿那战袍！国家要出兵打仗，赶快修好我那戈与矛，和你一道把敌人消灭！

无论是记录社会生活还是描写社会矛盾，《诗经》多**采用比较朴实的、合乎现实本来面目的写作形式，很少使用脱离现实的幻想手法**，所以我们认为《诗经》是诗歌现实主义传统的开端。其中最有代表性的，是记录农民劳作生活的《豳风·七月》。

九月筑场圃，十月纳禾稼。黍稷重穋，禾麻菽麦。嗟我农夫，我稼既同，上入执宫功。昼尔于茅，宵尔索绹。亟其乘屋，其始播百谷。

九月修筑打谷场，十月粮食收进仓。自己的庄稼刚收齐，农夫就要到贵族家中修建宫室。白天要去割茅草，夜里赶着搓绳索，还要修缮房屋，并做好新的一年播种百谷的准备。

按照《豳风·七月》的讲述，一月，农夫就要为新一年的农事检修农具，二月开始辛苦的耕作，一直忙到十月收获粮食。在这期间，农夫们还要打猎、采摘瓜果、为贵族缝制皮衣、酿造美酒。在夏季养蚕、秋季割稻、冬季凿冰，农夫们春夏秋冬不停歇，到了年终，大家聚餐喝酒，宰杀羔羊，共同祝福万寿无疆，就这样从年头忙到年尾。《豳风·七月》对两千多年前的农事安排和农民生活描绘得如此细致、生动和全面，为我们呈现了一幅农业社会全景图，也帮助我们了解当时农业生产的诸多细节，使我们对古人生活感受真切 如在眼前。

成为大诗人

如果说《诗经》像一幅线条简略的素写，那么屈原就像是在这幅画上施以了浓烈的色彩。在屈原的时代，诗歌不可避免地受到《诗经》的影响。

相比《诗经》，屈原的作品有了哪些变化呢？我们用几个例子感受一下。

最明显的是**句式的变化**。屈原的诗每句字数不等，句式参差错落。楚地民歌多使用五言、六言、七言的句式，屈原便大胆吸收了这种风格，创造出句式参差的全新格式。

写植物

《诗经·秦风·蒹葭》："蒹葭苍苍，白露为霜。"
《离骚》："朝饮木兰之坠露兮，夕餐秋菊之落英。"

写山水

《诗经·小雅·斯干》："秩秩斯干，幽幽南山。如竹苞矣，如松茂矣。"
《九章·涉江》："山峻高以蔽日兮，下幽晦以多雨。"

> **写穿着**
>
> 《诗经·小雅·都人士》："彼都人士，狐裘黄黄。"
> 《九歌·东皇太一》："抚长剑兮玉珥，璆锵鸣兮琳琅。"

另外，句中和句尾还用了很多"**兮**"字，以及"**之、于、乎、夫、而**"等虚字，这样能让诗句诵读起来节奏感强，如同峰峦起伏，变幻多姿。这种自创的文体在《离骚》中表现得很明显，因此被称为"**骚体**"。

帝高阳之苗裔兮，朕皇考曰伯庸。摄提贞于孟陬兮，惟庚寅吾以降。

这些诗可以算是**屈原人生经历的记录**，里面有他被疏远、被流放、被迫迁徙直到自沉汨罗的一系列遭遇，以及他其间的所思所想。这些作品继承了《诗经》直抒其情（赋）、借物言志（比）和托物兴辞（兴）的写作传统，吸收了楚地民间的文化特色，又融合神话传说，伴以诗人自己的瑰丽想象，从此开创了"**楚辞**"文体。

诗经	楚辞
直抒其情（赋）	楚地民歌
借物言志（比）	楚地文化
托物兴辞（兴）	想象、抒情

从屈原和他的作品开始，诗歌不再仅仅是反映现实的镜子，而是**成了一个能装下文化、历史、政治，乃至个人经历和思考的大容器**。它走出集体合唱，走进每一个人的内心，为我们的心声说话。诗歌也开始与音乐"分家"，成为独立的文学形式。因此，我们将屈原看作**中国文学史上的第一个诗人**。

屈原的存世作品共有**25篇**，都收录在西汉刘向辑集的《楚辞》中。其中有些篇目是否为屈原的作品还存有争议。

《离骚》

作于政治失意时，全诗373句，仅一个"兮"字便出现了187次。
《离骚》是屈原的自传性抒情长诗，想象丰富，感情激荡，语言繁复，值得反复欣赏吟诵。

《天问》

传说作于被流放陵阳时期，全诗提出172个问题。
全篇以问句呈现，且只问不答，是非常特别的一部作品。内容涉及天地山川、人文地理、神话传说等方面，堪称楚辞版的《十万个为什么》。

《招魂》

据传作于被流放陵阳时期。
屈原作品中结构最严整的一篇，文辞优美华丽，描摹细腻，极力描写故乡居室、饮食、音乐之美，为汉代辞赋家提供了很好的范例。

《渔父》《卜居》

作于被流放时期，一说并非屈原所作。

这两篇都是写屈原被流放后的遭遇。前者记录屈原与渔父的偶遇和他们之间的一番问答。后者写屈原被放逐后，不知所从，前去请太卜郑詹尹占卜。但其实并非问卜决疑，只不过设为问答之语，宣泄愤世嫉俗之意。

《九章》

大都是屈原被流放时创作的，包括《惜诵》《涉江》《哀郢》《抽思》《怀沙》《思美人》《惜往日》《橘颂》《悲回风》九篇。

《九章》组诗的内容与《离骚》近似，但更侧重对作者某一方面思想的具体描写，直抒胸臆，文笔相对朴素。其中《橘颂》被视为屈原最早诗篇，写作形式以四言为主，"兮"字放在句末。

《九歌》

共十一篇，包括《东皇太一》《云中君》《湘君》《湘夫人》《大司命》《少司命》《东君》《河伯》《山鬼》《国殇》《礼魂》。

除《礼魂》为送神曲外，其余十篇每篇各祭祀一位传说中的神灵，语言缠绵哀婉，是楚地特有的巫祭文化的产物。

这些作品大致可以分为三类：

《离骚》《九章》是流放期间写的政治抒怀诗；
《九歌》由楚国祀神乐曲改作或加工而成，保存了楚国文化的传统；
《天问》太过奇特，无法归到前面两类中，所以单篇自成一类，反映了作者的学术造诣和世界观、人生观。

第二节
解读屈原

中国近代思想家梁启超曾说:"中国文学家的老祖宗,必推屈原。从前并不是没有文学,但没有文学的专家。"下面就让我们走进屈原的"诗歌花园",去探究他如何开启了中国诗歌史的崭新篇章。

《离骚》：爱国诗人的自述

> 帝高阳之苗裔兮，朕皇考曰伯庸。摄提贞于孟陬兮，惟庚寅吾以降。皇览揆余初度兮，肇锡余以嘉名。名余曰正则兮，字余曰灵均。纷吾既有此内美兮，又重之以修能。扈江离与辟芷兮，纫秋兰以为佩。汩余若将不及兮，恐年岁之不吾与。

正如我们读李白的诗能感受到他的恣意洒脱，读苏轼的词会羡慕他的乐观豁达一样，当我们读屈原的诗，总能在一片馥郁芬芳中感受到诗人满腔的忧思悲愤，最能代表这种特色的，当数名篇《离骚》。这是一首**自传式的抒情长诗**，情节曲折又跌宕起伏。

"离骚"是什么意思呢？早期的诗歌没有专属的诗名。《诗经》里的诗后人大多取首句中的前两字为标题，也有的诗像前面讲的《候人歌》一样以"歌"泛称。而从屈原开始，诗也有标题啦！它可以概括主题，或是表达中心思想，甚至体现诗人个性的一面。至于"离骚"的意思，屈原的头号粉丝司马迁曾解释过**"离骚者，犹离忧也"**，意思是屈原被放逐后的忧思。纵览全诗内容，与其说是抒发忧思，倒不如说是**诗人在脑海里进行了一次漫长的旅行**，并把它记录下来，书写了一首精神史诗。

全诗大概可以分两大部分。

开篇"帝高阳之苗裔兮，朕皇考曰伯庸"，直至"世并举而好朋兮，夫何茕独而不予听"，讲的是屈原所处的现实环境是什么样。

下半部分从"依前圣以节中兮，喟凭心而历兹"开始一直到文末，讲的大多是未来要发生的事情，也是诗中最具有想象力的部分。

上篇：为国求索

前几句自叙不凡的身世和出众才干，诗人迫切希望成就一番事业。
"日月忽其不淹兮，春与秋其代序。"

他立志辅佐君王，愿乘上千里马纵横驰骋，做楚国忠诚的引路人。
"乘骐骥以驰骋兮，来吾道夫先路。"

而当政者们只顾着小团体的利益，国家的前途危机重重。
"惟夫党人之偷乐兮，路幽昧以险隘。"

屈原诚实地指出问题所在，却频频遭到陷害而被楚王厌弃。
"忽奔走以先后兮，及前王之踵武。"

诗人清早啜饮木兰花上坠落的露水，傍晚以秋菊的落英为餐食，用高洁美好的兰草做配饰，即便世界充斥污垢，仍要保持清白的品格，万死而不悔。
"亦余心之所善兮，虽九死其犹未悔。"

屈原追溯了自己的经历，他不断重复写自己遭人嫉妒陷害，一次次表达矢志不渝，这些组成了《离骚》上半部分的主要内容。屈原反反复复，**是因为他很啰唆吗？**当然不是！一般认为《离骚》写在屈原第一次被楚怀王放逐之际，看到那些大段大段的反复诘问与倾诉，不难想象屈原写《离骚》时是多么心烦意乱啊！

我们在前面讲过，屈原是楚国贵族，家族世世代代忠心辅佐君王，家国命运早已彼此牵连。楚国危殆，他当然为此殚精竭虑，"**虽九死其犹未悔**"。所以即便被楚怀王伤透了心，但他仍然在诗里遥望楚国，无限牵挂。诗中的"**旧乡**""**高丘**"等词都是楚国的代指。

除了上述内容，我们还能在诗中跟随屈原的脚步，**一路看尽怡人的楚地风光**。屈原的故乡就在气候湿润宜人的长江沿岸，这里重岩叠嶂，悬泉飞瀑，一定给屈原的景物描写提供了不少灵感。诗中还不吝收录了很多**当地方言、民歌神话**等，无论身处何方，故乡的一切早已融入血脉。

41

下篇：茫茫前路

来到诗的下半部分，孤独的诗人渡过湘水，向葬在九嶷山的帝舜吐露心迹，泪水不绝，打湿衣襟。

"揽茹蕙以掩涕兮，沾余襟之浪浪。"

不甘心的诗人乘龙驾凤直上九天，到昆仑山问天帝前路在何方。

"路曼曼其修远兮，吾将上下而求索。"

月神在前方开路，风神紧随其后，漫天云雾遮天蔽日。在天帝门口，诗人却吃了闭门羹。茫茫天地间，竟找不到一个栖身之处，难道就这样抱憾终生吗？

"怀朕情而不发兮，余焉能忍与此终古。"

诗人感到天上人间一样的黑暗，最终决定听从巫师建议，离开这个伤心地，云游四方。

"及余饰之方壮兮，周流观乎上下。"

在诗的结尾，屈原驾飞龙、乘瑶车，从天河出发到西极，凌空飞翔，见到许多壮丽美景，还演奏《九歌》翩翩起舞。正当欢愉惬意时，忽然一低头，他瞥见了故乡——楚国。一时间，车夫悲伤、马儿驻足，都不愿继续向前。

"仆夫悲余马怀兮，蜷局顾而不行。"

"乱曰"一段，标志着《离骚》全篇的结束。屈原感叹：罢了罢了，国内无人理解我，我又何必对故乡念念不忘？"**既莫足与为美政兮，吾将从彭咸之所居**"，政治抱负既然无法实现，我将追随古代圣贤彭咸的脚步。屈原是真的心灰意冷，放弃故乡了吗？这个结尾更像是无奈的感叹。诗中提到的彭咸，是投水自尽的一名商朝贤臣。屈原在《离骚》的结尾仿佛**预言了自己的人生结局**。

鎏金飞廉纹六曲银盘

所属时代: 唐代
出土时间: 1970年
出土地点: 西安何家村
现 存 地: 陕西历史博物馆

飞廉是中国古代神话传说中的风神。它在《离骚》里是屈原上天入地漫游求索时的"小跟班":"前望舒使先驱兮,后飞廉使奔属。"飞廉的形象多样,有牛首鸟身、鹿首鸟身和马首鸟身等。这件银盘上的飞廉为牛首鸟身,呈双翼展翅状。

"小离骚"《惜诵》

屈原曾写过一篇《惜诵》,追忆了自己因为耿直进谏,遭小人排挤而被楚王疏远的往事。因为内容与《离骚》的前半部分有许多相似之处,故有"小离骚"之称。

《离骚》中的名句

《离骚》实在是太长了,想要全文背诵可不那么简单,但是理解《离骚》中的一些名句,对理解全文很有帮助。

"路曼曼其修远兮,吾将上下而求索。"

用法:这句话历代有许多人用以自励,也可以形容仁人志士为了真理不懈求索的精神。

"长太息以掩涕兮,哀民生之多艰。"

用法:我们在表达忧国忧民的情怀时会用到它。

"亦余心之所善兮,虽九死其犹未悔。"

用法:人们在表达坚持理想、为实现目标而奋斗时常引用这一名句以表达心志。

《天问》：屈原的"十万个为什么"

被流放期间，悲愤徘徊在山泽大地之间的屈原发出一连串的拷问，写下了名篇《天问》，全篇共370多句，1500多字，篇幅仅次于《离骚》。即便是放在几千年的中国文学史中，这篇作品也足够奇特，因为它从头到尾只有100多个问题，而没有解答。

"遂古之初，谁传道之？"——宇宙的诞生，是从谁流传下来的？

"上下未形，何由考之？"——天地形成之前，要如何才能探究清楚？

"明明暗暗，惟时何为？"——黑暗之夜和光明之昼分离，到底是什么力量所为？

••••••

我们不妨将这篇奇文分为三个部分来理解：

从"曰：遂古之初"至"曜灵安藏"，问的是天事，是这部《十万个为什么》的"**天文卷**"；从"不任汩鸿"至"乌焉解羽"，问的是地事，算是"**地理卷**"；从"禹之力献功"至"忠名弥彰"，问的是人事，相当于"**历史卷**"。

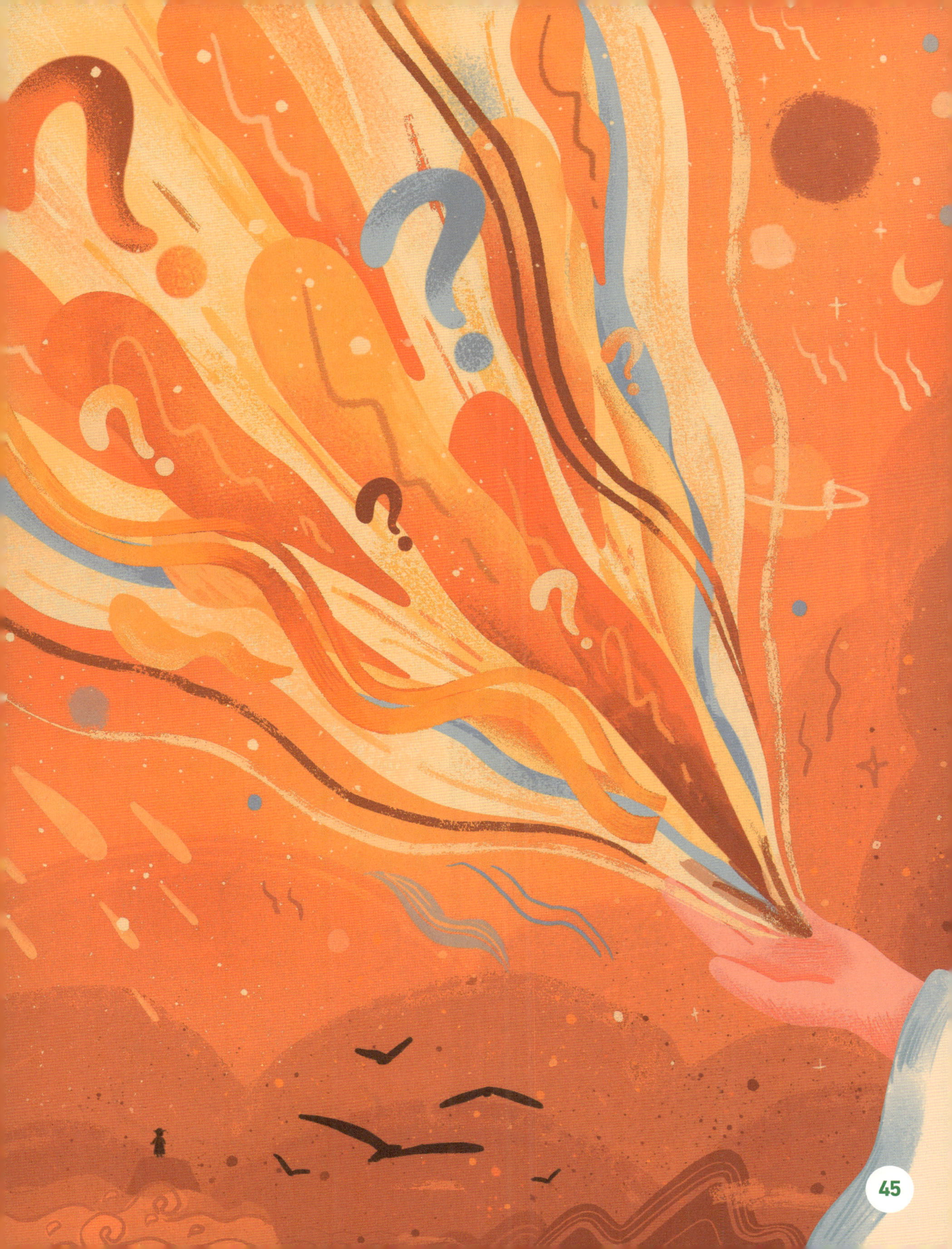

屈原是要寻找答案吗？

屈原为什么要问这么多问题呢？

传说他被放逐之后忧心愁苦，彷徨山泽，看到楚国先王的祭祀祠堂墙壁上画着山川神灵、圣贤神兽等传说故事，便就着画的内容发问，泄愤纾愁。而这篇作品的内容本身又超越了情绪的宣泄，从天地开辟问到天体构造、自然万物，从神话传说问到历史人事，从一切外物问到自身，统统问了一遍。

屈原一口气提出一百多个疑问，是要求得一个解答，找出一个因果吗？遗憾的是，多数问题别说是那个时代，到今天都是悬而未解的难题。

"天问"，其实就是问天，问超越人类认知范围的未知事物。在至高无上的天的面前，屈原并没有觉得这个世界上的一切是那么"天经地义"，所以才有了这么多的大胆提问。这么看来，屈原根本就不是为了找到答案，他就是要用问题，把天和关于天的旧说问倒，就是要挑战那些约定俗成的概念，争取精神的自由。

> 武发杀殷，何所悒？

> 何阖而晦？何开而明？

> 皇天集命，惟何戒之？

> 东流不溢，孰知其故？

> 洪泉极深，何以寘之？

何所冬暖？何所夏寒？

厥严不奉，帝何求？

何圣人之一德，卒其异方？

他质疑传说：

洪水滔天，大禹是如何将它填塞的？为什么天门关闭就是夜晚？为什么天门打开就是白天？

他质疑传统：

为何圣人品德相同，他们的人生结局却各不相同？楚国战败，国家地位已经不保，去拜求天帝帮忙还有什么用？

他对自然提问

什么地方冬天温暖？什么地方夏日严寒？河水向东奔流，而东方为何永不满溢？

他对历史提问：

武王起兵伐纣，他为何如此愤恨？既然商朝统治天下是受命于天，那么为何又会有人讨伐推翻它？

有关天地、自然、神话的问句，就是以反问的形式否定神灵，**否定所谓"天命"的说法**。他认为"**天命反侧，何罚何佑？**"——天命本来就是反复无常的，因此常常导致赏罚不公。如果说这是天命的话，那么这样的天命又有什么意义呢？它又有什么存在的价值呢？

千古至奇之作

看到这里，你知道为什么说《天问》是屈原最奇特的一首长诗了吧？

它的内容奇幻，宏深博大，涉及天地山川、日月星辰、神话传说、奇闻异物、历代兴衰、政治风云……以一诗而包揽宇宙，纵贯古今，如果没有渊博的知识储备、丰富的人生经历和卓绝的文学造诣，是绝不可能完成的。

它的形式奇特不凡，全诗一问到底，奇突纵横。与屈原其他作品不同的是，《天问》**不用"兮"字**烘托，以四言为主，间或有三、五、六、七言，同时又将**"何" "胡" "焉" "几" "谁" "孰" "安"** 等丰富的疑问词交替使用，这样这篇的问句看起来就不会太过单调了。另外，这篇奇诗中并没有用绮丽浪漫的修辞方法渲染效果，却写出了属于它的独特风格。

《天问》问世以后，模拟的作品不少，可见它的影响之深，只是没有一位后来者攀越《天问》这座巅峰。

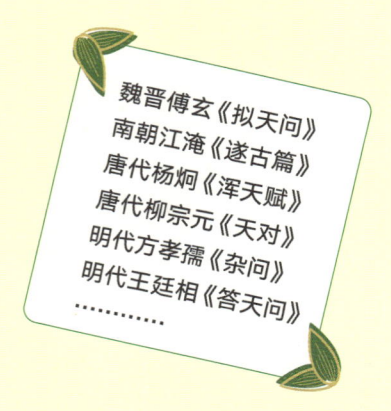

魏晋傅玄《拟天问》
南朝江淹《遂古篇》
唐代杨炯《浑天赋》
唐代柳宗元《天对》
明代方孝孺《杂问》
明代王廷相《答天问》
…………

带着对日月星辰的疑问,2020年"中国航天日"启动仪式上,中国行星探测任务被命名为"**天问系列**",万众瞩目下,"**天问一号**"探测器在火星上留下了属于中国人的印记。它搭载的火星车被命名为"**祝融号**"——对,就是那个被楚国人视为先祖的火神祝融,在火星上忙个不停,不断向我们传来它在火星上的观测发现,就好像在回答两千多年前屈原的一次次叩问。如果没有问题,就不会有出发去寻找答案的征途,难道不是吗?

你能回答屈原的问题吗?

屈原的时代,由于科技不发达,对于这个世界的许多疑问,人们只能通过神话和模糊的猜测去回答。随着科学技术的发展,屈原的许多疑问今天已经有比较完美的答案,你能运用学到的自然科学知识予以解答吗?

1."上下未形,何由考之?"——天地形成之前,要如何才能探究清楚?

  提示:宇宙大爆炸理论

2."厥利维何,而顾菟在腹?"——月中黑点是何物,是否有兔子藏身其中?

  提示:航天科技对月球的观测和探索

3."东流不溢,孰知其故?"——河水向东奔流,而东方如何永不满溢?

  提示:中国地理知识

《天问》中的上古传说

太阳与月亮

羲和之未扬，若华何光？

《天问》中的这句话，"羲和"指上古神话中**为太阳驾车的神**，又名日御；"若"，也就是若木，传说中**位于昆仑西极的神树**，花能发出照耀大地的红光。这句话问的是，当羲和还没有扬鞭驾车拉太阳出来的时候，若木的花到底为何能发出光芒呢？这是屈原**对阳光的来源提出疑问**。

对照先秦古籍《山海经》来看看，就会发现屈原笔下的太阳神话有相当多独创的部分。《山海经·大荒南经》里也写了羲和，但说的是东南海之外、甘水之间有羲和之国，有位**名叫羲和的女子**生下了"十日"。上古神话中的太阳有它特殊的代表形象，是一种长着三只脚的鸟，也叫**金乌**。所以在先民们的想象中，羲和生下十日，应该为产下十只金乌。这十只金乌住在汤谷的扶桑木上，它们轮流出勤，每天有一只金乌出现在天上。而有一天，十只金乌一起升空，出现了"十日并出"的灾难。

长沙马王堆一号汉墓T形帛画，1972年出土，现藏于湖南博物院。帛画覆盖在一号墓即辛追夫人墓的内棺盖上，呈T字形，画面上、中、下三部分分别表现了天上、人间与地下的场景。

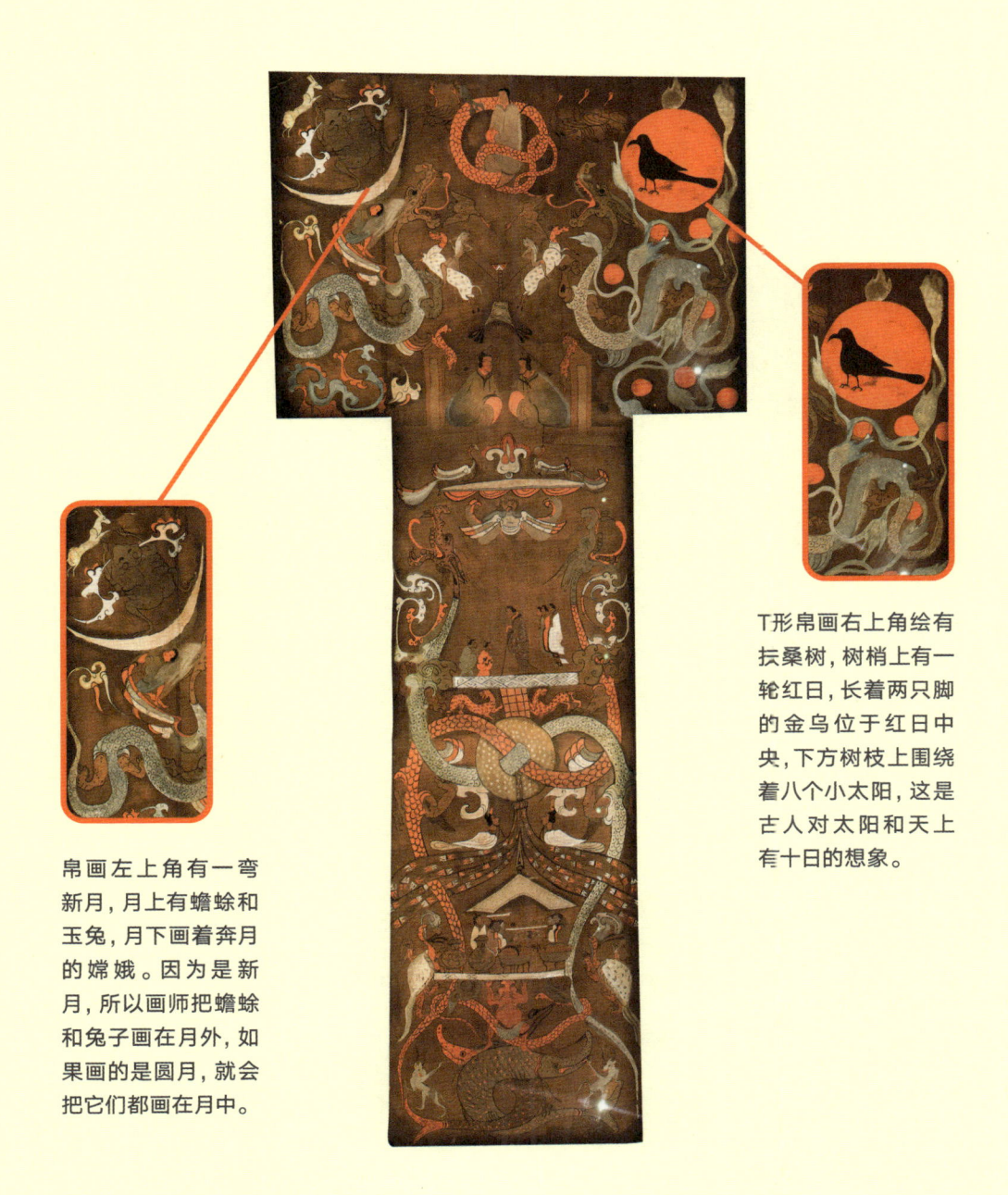

T形帛画右上角绘有扶桑树，树梢上有一轮红日，长着两只脚的金乌位于红日中央，下方树枝上围绕着八个小太阳，这是古人对太阳和天上有十日的想象。

帛画左上角有一弯新月，月上有蟾蜍和玉兔，月下画着奔月的嫦娥。因为是新月，所以画师把蟾蜍和兔子画在月外，如果画的是圆月，就会把它们都画在月中。

羿焉彃日？乌焉解羽？

羿为何射日？金乌为什么会死？正是羿射落九个太阳，挽救了人间。屈原在诗里重新归纳提炼了关于太阳的上古神话，将原来生下太阳的女神羲和，改成为太阳驾车的神，还率先提到羿射九日的故事，后来慢慢形成后世流传的**太阳神话的通行版本**。

厥利维何，而顾菟在腹？

既然提到了太阳，《天问》自然也不会错过月亮。月亮神话是在漫长时间中逐渐丰满起来的。它最早出现在《山海经·大荒西经》，写到帝俊的妻子常羲生下十二个月亮，但没提月亮上有什么。到了《天问》，屈原第一次问出为什么月亮"**而顾菟在腹**"。"菟"有人说是兔子，也有人说是蟾蜍，其实都是**古人遥望月球环形山阴影时产生的想象**。屈原之后，月中有物的神话越来越丰富，先是月中有蟾蜍、玉兔，后来又有了月宫、桂树，还有嫦娥和吴刚等一路神仙角色，形成了我们今天熟悉的复杂完整的月亮传说。

始祖与大洪水

女娲有体，孰制匠之？

女娲用泥塑人，这是中国最经典的人类起源传说。然而你知道吗？这个故事在上古时的最初版本，只提到女娲是位女神，死后肠子化成十位神仙。**将女娲与造人故事联系起来的，也是屈原**。他在《天问》中问：作为造人的神仙，女娲又是由谁创造的呢？虽然是诘问，但还是从侧面表达了女娲造人的说法。

鸱龟曳衔，鲧何听焉？顺欲成功，帝何刑焉？永遏在羽山，夫何三年不施？伯禹愎鲧，夫何以变化？纂就前绪，遂成考功。何续初继业，而厥谋不同？洪泉极深，何以窴之？地方九则，何以坟之？河海应龙，何尽何历？鲧何所营？禹何所成？

除了造人传说，我们还能在诗中发现**上古洪水的神话**。《天问》中用很长的篇幅写了这个故事。

大禹的父亲鲧效仿自然界"鸱龟曳衔"的方法来治水。鸱龟是传说中一种**像鸱的神龟**，鲧曾见到鸱龟相互咬着尾巴排成一列，他受到启发，修筑了排成长列的鸱龟一般的长堤堵水。但可惜的是治水失败，"**永遏在羽山**"，被永远禁闭在羽山。后来大禹子承父业继续治水。传说禹接手时**天降神龙**，它用尾巴划出一条路线，于是禹根据神龙划定的路线将水导出，治理了水患。屈原明确写出这条神龙就是应龙——上古时，龙有鳞则称"蛟龙"，有翼则称"应龙"。

在《天问》中，**大禹治水的故事充满丰富的细节**，比如成功或失败的原因、得到了什么样的神物帮助，都交代得清楚分明，在后世逐渐流传开来。

各种各样的神兽神物

焉有石林？何兽能言？焉有虬龙，负熊以游？雄虺九首，倏忽焉在？何所不死？长人何守？靡萍九衢，枲华安居？一蛇吞象，厥大何如？黑水玄趾，三危安在？延年不死，寿何所止？鲮鱼何所？鬿堆焉处？

除了鸱龟、应龙等上古神兽，《天问》里还有好多的神兽神物，让人大开眼界。

石林：传说中一片长满各种奇特宝贝的树林，里面有珠树、文玉树、玗琪树、璇玕等奇花异木。

何兽能言：这里指一种叫"狰狰"的动物，据传它身体像猪而头像人，能知人姓名。

靡萍：这是一种分枝众多的浮萍。

枲华：枲为大麻的雄株，只开雄花，不结果实。枲华就是大麻的雄花。

一蛇吞象：指的是传说中黑色身躯青色头部的巴蛇，它能吞下一头象，直到三年之后才会将自己消化不了的骨头吐出来，用来和药能治心腹疾病。

黑水：这是昆仑山的一种神水。传说昆仑山中有四神水，颜色分别为白、赤、青、黑，其中黑水有让人长生不死的神奇功效。

鲮鱼：这里的鲮鱼并非我们现在日常吃的淡水鱼。它又称"陵鱼"，是传说中形状如牛、蛇尾有翼的怪鱼，冬死夏生，食用后能治肿病。

鬿堆：神话中的一种鸟，外形似鸡，白头，鼠足虎爪，据说会吃人。

如果没有屈原的文字，这些口口相传的神话，可能早就流散消失了吧。他将这些神话汇聚一处，还做了不少补充，人物因此变得更丰满立体，故事情节也越发完整，就这样一直保存到今天，他的努力没有白费。

在接下来的《九歌》中，我们将看到更多神灵登场。

《九歌》里的众神

《九歌》是屈原作品中非常独特的一组。相比屈原的众多长诗，《九歌》的篇幅更短，每篇多在十五句到四十句之间，最短的《礼魂》不过五句，在楚辞中素称短诗；相比心灵的呐喊《离骚》、问题的迷宫《天问》，《九歌》则是**一组美妙奇幻的神话**，充满幽微的情致与芬芳的诗句。

这些神话你可能从未读过，因为它们来自古老的楚国，那个与中原大不同的地方。这些诗原本是楚人**在祭坛前表演的歌舞剧**，歌、乐、舞合一，后来由屈原加工润饰成诗。

虽然如今只能欣赏表演中的歌词部分，但也依然能感受到，**这些作品绝不是那种正襟危坐的老先生**，它们雀跃舞蹈着，自由穿梭在广袤天地间，或是于水汽弥漫的滩涂上、云雾缭绕的密林里游走，是那么优美又活力四射。

《九歌》共十一篇，那为何题名为"九"呢？

看法一："九"是虚指，用代表"阳数之极"的"九"来命名，以表示数量之多。**看法二**："九"是实指，除去祭祀阵亡将士的《国殇》和最后的送神曲《礼魂》后剩余九篇，"九"指这九篇诗中提到的九位神灵。

这九位神仙究竟是何来路？他们分别是**天神东皇太一、云中君、大司命、少司命、东君，以及地祇湘君、湘夫人、河伯、山鬼**，众神各有分工。现在，让我们在脑海里搭建一个小剧场，自行配乐，任时空迷离穿梭，让《九歌》中的诸神一一复活，在台上轮番登场。

东皇太一

吉日兮辰良，穆将愉兮上皇。
抚长剑兮玉珥，璆锵鸣兮琳琅。
瑶席兮玉瑱，盍将把兮琼芳。
蕙肴蒸兮兰藉，奠桂酒兮椒浆。

首先上场的是最受尊崇的东皇太一。他可能是**楚地文化中的主神**，地位就像道教中的玉皇大帝、西方希腊神话中的宙斯。"太一"在先秦典籍中很常见，原本是个抽象的概念，或是指形成天地万物的元气。汉代天文学中将天空中最明亮的星星称为"太一"，后来这一称呼逐渐成了天神、天帝的专名。至于"东皇"，"东"表示方位，"皇"指的可能也是天帝，与"太一"组合，表示强调。纵观现存的汉代以前的古籍，"东皇太一"一词只出现在《九歌》中。

可惜我们没法通过《东皇太一》见到这位天神的尊容，因为它通篇都在渲染这场祭祀典礼庄重盛大的氛围。很多人说它是《九歌》整组乐章中的**迎神曲**。祭台上摆满玉器、香草、美酒佳肴，鼓声伴着歌声，竽瑟齐鸣，众巫师身着华服，高唱迎接主神的诗篇，看得人目眩神迷。我们也做好准备，迎接众神的降临吧！

云中君

浴兰汤兮沐芳，华采衣兮若英。
灵连蜷兮既留，烂昭昭兮未央。
蹇将憺兮寿宫，与日月兮齐光。
龙驾兮帝服，聊翱游兮周章。

云中君登场了。有人说他是**云神**，也有人说他是**电神、月神**。与《东皇太一》郑重其事的氛围比，这一幕非常缥缈浪漫，透过灿烂的云霞，远方云中君的身影清晰可辨。他光彩夺目，光辉简直能与日月比肩，驾驭着龙车在九天舒缓从容地飞翔；他翩翩而至，辉煌地降临人间，又在刹那飞回云端。诗歌将神仙**在浩瀚苍穹的自由飞行**描绘得华美非常。

东君

应律兮合节，灵之来兮蔽日。
青云衣兮白霓裳，举长矢兮射天狼。
操余弧兮反沦降，援北斗兮酌桂浆。
撰余辔兮高驼翔，杳冥冥兮以东行。

接下来是日神东君，他**因日出东方而得名**。他在一片轰轰隆隆的如雷车声中登台亮相，云彩为旗在一侧舒展飘动。日出声势浩大，全场的人不禁齐齐抬头瞻望。各种乐器隆隆齐奏，巫女们像翠鸟扇动翅膀般挥动舞袖。光华灿烂的东君，穿着青云上衣白霓下裳，举起长箭射杀凶恶的天狼星，这一幕想必让现场观众都看呆了吧！夜幕降临，东君揽过北斗七星做酒杯，满满饮上一杯桂浆，便从黑暗中潜行回到东方。

大司命和少司命

乘龙兮辚辚，高驰兮冲天。
结桂枝兮延伫，羌愈思兮愁人。
愁人兮奈何，愿若今兮无亏。
固人命兮有当，孰离合兮可为？

天宫大门洞开，**掌管人类生死、寿命长短的大司命**乘着玄色的云出现了，旋风和暴雨是他脚步的先遣者，带来神秘莫测的前奏。大司命在高空翱翔回旋，看起来倨傲又冷酷。女巫师们仰望着他感慨：你因何而主宰天下苍生的生死寿命？巫师们没有得到回答，只好手持桂枝目送大司命驭龙而去，他的背影似乎在告诉观众们，人类是不能掌握命运奥秘的。

入不言兮出不辞，乘回风兮载云旗。
悲莫悲兮生别离，乐莫乐兮新相知。
荷衣兮蕙带，倏而来兮忽而逝。
夕宿兮帝郊，君谁须兮云之际？

接下来是**主管人类子嗣安康的少司命**。她的衣服是荷花做的，飘带由蕙草编织，她在一片馨香中飘然而至，吹走大司命那阴沉沉的背影。以孔雀羽做车盖，翡翠鸟羽做旌旗，她飞登九天之上，安抚彗星，手拿长剑保护人类的幼儿，美丽又勇猛。

在来往的唱酬应答中，巫师们不停诉说对神灵的眷恋，祈愿留住他们匆匆的步履。然而少司命刚降临祭台不久，很快就要乘风而去，失望的男巫发出咏叹："**悲莫悲兮生别离，乐莫乐兮新相知。**"最大的悲伤莫过于活生生的别离，也没有什么比新遇到知己更快乐。它又让人回想起前一幕，既然命运是无法预测的，那么更要好好珍惜当下的每分光景。

对人神情感的摹写是《九歌》中最动人的内容之一，除《东皇太一》《国殇》《礼魂》外，各篇都有这类内容。它其实与古楚国的原始祭祀不无关系，当时通常用男巫召唤女神，用女巫召唤男神，借恋情来吸引神灵，以鲜花香草、美酒、歌舞乐为辅助，使神满足愉悦，借此获得神的垂怜护佑，丰登祈福。

湘君和湘夫人

横流涕兮潺湲，隐思君兮陫侧。
桂櫂兮兰枻，斲冰兮积雪。
采薜荔兮水中，搴芙蓉兮木末。
心不同兮媒劳，恩不甚兮轻绝。
——《湘君》

帝子降兮北渚，目眇眇兮愁予。
袅袅兮秋风，洞庭波兮木叶下。
登白薠兮骋望，与佳期兮夕张。
鸟何萃兮蘋中，罾何为兮木上。
——《湘夫人》

人们至今都没搞清楚《九歌》里诸神的性别问题，其中最惹争议的要数湘水之神——湘君与湘夫人。

有的人认为，**舜就是湘君**，他的两位妃子是湘夫人。这种说法有它的证据来源，那就是最早把湘君与舜联系在一起的《史记》。说是秦始皇到了湘水，遭遇大风而几次无法渡江，便迁怒于湘君那两位埋葬于此的妃子，气急败坏地命人把湘山上的树都砍光了。上古传说中也能找到这种看法。舜多次被他的弟弟与后母陷害，多亏两位夫人娥皇、女英搭救才脱险。帝舜死后，两位夫人也不再眷恋人间——一说是追随帝舜投江而死，一说是抱竹痛哭自尽，斑斑泪痕遍染青竹，传说长江流域生长的湘妃竹就是这样来的。

还有一种观点是，舜的两个妃子**都可以称作湘君，或称作湘夫人**。唐代大诗人韩愈则认为姐姐娥皇是正妃，也就是湘君；妹妹女英是次妃，为湘夫人。他的观点多为后来的宋、明学者接受。

虽然性别难定，但诗篇中缠绵悱恻的情感不会改变。恋人召唤彼此，约求而不遇，哀婉的情致真切动人。屈原的诗句最擅写景传情，《湘夫人》一开篇，"**帝子降兮北渚，目眇眇兮愁予。袅袅兮秋风，洞庭波兮木叶下**"，写尽一叶知秋，被誉为"**千古言秋之祖**"。

河伯

鱼鳞屋兮龙堂，紫贝阙兮珠宫。
灵何为兮水中？乘白鼋兮逐文鱼。
与女游兮河之渚，流澌纷兮将来下。

在水一方的佳人，忽而幻化为戏台上的**黄河之神河伯**。祭祀的巫者与河伯共游九州河流，观赏横波巨浪，接着登上昆仑山举目四望，又下探到河伯在水底的水晶宫畅游了一番，那宫殿用鱼鳞做瓦，紫贝做阙门，殿房都用明珠装饰，充满各种令人惊叹的奇观。这番壮游结束后，巫师送别河伯，涛涛波浪和众多游鱼都前来迎接神灵。

我们在中原地区的民间故事里也能看到河伯的身影。有一个很有名的故事叫"**西门豹治邺**"，还衍生出"河伯娶妻——坑害民女"的歇后语。虽然结局不坏，但故事里那个虚构的河伯还是不由让人心生畏惧，远远不似《九歌》中与人结伴御风飞行那般友爱。

山鬼

若有人兮山之阿，被薜荔兮带女萝。
既含睇兮又宜笑，子慕予兮善窈窕。
乘赤豹兮从文狸，辛夷车兮结桂旗。
被石兰兮带杜衡，折芳馨兮遗所思。

接着场景切换到山谷密林，这是凄艳迷离的《山鬼》的世界，是《九歌》中情节与情感都最饱满的一篇。"山鬼"是**楚国人对山神的特有称呼**，并没有名字看上去那般惊悚，后人多想象为山中精灵般的美女。山鬼的出场不同寻常——身披香草薜荔，用女萝做腰带，乘坐着赤豹拉的辛夷香木做成的车子，身后随从是敏捷的狸猫。这位女神前来赴约，精心装扮，恋人却迟迟不出现，于是山鬼的神情与突变的天气一样变得晦暗，但她还是为恋人找理由："**君思我兮不得闲**"，你思念着我，只是不得空闲。舞台布景刹那间转化，乌云滚滚，雷声隆隆，一场狂风暴雨即将到来，也预示着最坏的结果——恋人终未至。"**思公子兮徒离忧**"，山鬼怀着无尽的忧伤隐没于戏台后。山鬼高调张扬的美丽，袒露直陈爱情的心声，确实大胆无拘，最能彰显楚地的风情。

西门豹治邺

邺县权贵打着为河伯娶妻的旗号年年搜刮百姓，甚至将年轻女孩投河献祭。后来西门豹来到邺县任地方官，在河伯娶妻的当天，他一反常态，命令权贵们跳河，亲自去向河伯汇报情况，从此止住了当地残害百姓的不正之风。

战国青铜器上的水陆攻战纹

《国殇》：
一曲英雄的赞歌

> 操吴戈兮被犀甲，车错毂兮短兵接。旌蔽日兮敌若云，矢交坠兮士争先。凌余阵兮躐余行，左骖殪兮右刃伤。霾两轮兮絷四马，援玉枹兮击鸣鼓。天时坠兮威灵怒，严杀尽兮弃原野。
> 出不入兮往不反，平原忽兮路超远。带长剑兮挟秦弓，首身离兮心不惩。诚既勇兮又以武，终刚强兮不可凌。身既死兮神以灵，子魂魄兮为鬼雄。

《国殇》是《九歌》中非常特别的一篇，漫天遍布两千多年前的战火狼烟，还有金鼓连天的沙场和奋勇驰骋的国士。来吧，让我们走出神秘奇幻的古楚传说，**去狼烟四起的战国沙场**看看吧！

一个战国时代的士兵踏上战场时需要哪些装备？屈原在《国殇》开篇四句就点明了：**吴戈、甲胄、战车、旌旗、刀剑和弓箭等。**

首先必须装备杀敌的武器。那时候的冶铁技术尚未成熟，将士们的武器多以青铜为主。象形文字"戈"所模拟的正是**我国最古老的青铜兵器的模样**。诗中"吴戈"中的"吴"，大致是今江苏大部和安徽、浙江的一部分。吴地制造的青铜兵器非常精良，所以"吴戈"也逐渐成为精良兵器的代名词。

锦纹青铜戈，战国楚
现存地：中国国家博物馆

兽面纹戈，战国
现存地：上海博物馆

吴王光剑，春秋
现存地：上海博物馆
剑体铸铭文表明此为吴王光
（即吴王阖闾）所使用的剑

错金银云纹青铜犀尊，西汉
现存地：中国国家博物馆

武器用来进攻，甲胄用来保护自己。屈原所写的"犀甲"正是字面意思——**用犀牛皮制作的铠甲**。今天我国境内并没有野生犀牛，但根据考古发现，犀牛的确曾生活在古中国中原一带。犀牛是一种厚皮动物，它们的皮肤原本可以很好地保护自己，却因为这一优势反而给自己带来了灭顶之灾——它们坚厚的皮成为先秦将士们制作护身衣的首选材料。当时频繁的战争使各国都有大量的铠甲需求，以至于犀牛被过度捕杀，最终导致曾广泛生活于中原地带的犀牛消亡或迁徙。

"车错毂"中的"毂"，指的是车轮的中心部分，"车"则是马车。今天人们常以为古代马车是交通工具，其实在先秦时，它可是战场上必不可少的主角。早在商代，战车就承担着作战的主要任务。随着生产力发展，到了春秋时期，战车数量成为衡量国力的重要标准，如晋国、楚国等大诸侯国，拥有战车的数量已达四千乘（四匹马拉一辆车算一乘）以上。战国时期，拥有大量步兵的新型军队开始出现，战车逐渐减少，但这时战车的数量仍然很可观。屈原在《国殇》中所写的"**左骖殪兮右刃伤**"，左边的马倒地而死，右边的马又被兵器所伤，展现的就是当时马车战的惨烈场景。

装备齐全，就要出发上战场了，将士们还需要带上最后一件装备，那就是他们坚不可摧的意志勇气。《国殇》最后四句歌颂的便是将士的勇武、刚强，不可被凌辱。即便身死而灵魂不灭，在鬼神中也是英雄。先秦时期的战争形态虽然已经成为历史，但《国殇》末尾几句赞美的前线将士的英勇精神，无论在哪个时代都是不变的。

《哀郢》《涉江》《怀沙》：流浪者的独白

屈原的诗作中，还有一些是他在流放期间写下的单篇随感，它们被看作是和《离骚》一样的政治抒情诗。后人将这几篇收集整理后加上了《九章》这一题名，其中就有前文提到的被称作"小离骚"的《惜诵》。另外三首《哀郢》《涉江》《怀沙》则大致勾勒出了屈原被放逐后，从抱有一丝希望到彻底绝望，最终决心抱石投江的心路历程。

《哀郢》

发郢都而去闾兮，荒忽其焉极？楫齐扬以容与兮，哀见君而不再得。望长楸而太息兮，涕淫淫其若霰。过夏首而西浮兮，顾龙门而不见。心婵媛而伤怀兮，眇不知其所蹠。顺风波以从流兮，焉洋洋而为客。

"哀郢"就是哀悼郢都的意思。屈原在诗中记录，他从郢都出发，乘船沿着长江一路向东，过荆州，过夏口（汉水下游古称夏水，夏水注入长江处称夏口），到了安徽一带。故乡被水流推得越来越远，诗人心中郁结的乡愁愈来愈浓。不承想高大的宫殿楼台也成丘墟，郢都的东门是否也化为荒芜？屈原远在故土之遥，不知何时能回到郢都。"鸟飞反故乡兮，狐死必首丘。"鸟儿远飞终将回巢，狐狸死时，头也要向着狐穴所在的方向啊！

《涉江》

入溆浦余儃佪兮，迷不知吾所如。深林杳以冥冥兮，猿狖之所居。山峻高以蔽日兮，下幽晦以多雨。霰雪纷其无垠兮，云霏霏而承宇。哀吾生之无乐兮，幽独处乎山中。吾不能变心而从俗兮，固将愁苦而终穷。

写《涉江》时，屈原的心情更加低落，他在诗中记述自己从鄂渚去往溆浦时一路的所见所想。看到秋冬时江中漩涡激流，看到晦暗不明的丛林和雪中的幽冥深山，他触景生情，悲叹："**吾不能变心而从俗兮，固将愁苦而终穷！**"生活毫无乐趣可言，宁愿在山中独处终生，也不愿在俗世随波逐流。诗中最后说，生不逢时，满怀忠信却怅然失意，"**忽乎吾将行兮！**"他在迷茫中再次启程远行，似乎就是踏上不归途了。

《涉江》短小但非常精彩，这种寓情于景的写法给后世的文人墨客带来很多启发，他们向无言的山水倾诉秘密，寻找寄托，再变成我们眼前的一幅幅山水画，一首首山水诗。

《怀沙》

《怀沙》几乎被认为是屈原的绝笔诗，这首诗的最后，屈原写道：

定心广志，余何畏惧兮？曾伤爰哀，永叹喟兮。世溷浊莫吾知，人心不可谓兮。知死不可让，愿勿爱兮。明告君子，吾将以为类兮。

只要我理想坚定且胸怀坦荡，有何可惧？我不害怕死亡，我只哀叹世人不知我为何而死。既然死亡不可避免，那我更不惜以死明志！

《橘颂》：开托物言志之先河

> 后皇嘉树，橘徕服兮。受命不迁，生南国兮。深固难徙，更壹志兮。绿叶素荣，纷其可喜兮。曾枝剡棘，圆果抟兮。青黄杂糅，文章烂兮。精色内白，类可任兮。纷缊宜脩，姱而不丑兮。
>
> 嗟尔幼志，有以异兮。独立不迁，岂不可喜兮。深固难徙，廓其无求兮。苏世独立，横而不流兮。闭心自慎，终不失过兮。秉德无私，参天地兮。愿岁并谢，与长友兮。淑离不淫，梗其有理兮。年岁虽少，可师长兮。行比伯夷，置以为像兮。

在《九章》这部短篇抒情诗集里，《橘颂》最短，全篇只有三十六句、一百五十二字。第一部分从"**后皇嘉树**"到"**姱而不丑兮**"，从橘树生长的土壤，写到根、叶、花、果、枝、棘，绘出一幅色彩缤纷的橘树图；第二部分从"**嗟尔幼志**"到"**参天地兮**"，赞美橘树忠贞不移、谨慎自重等高尚品质。诗的结尾表达了以橘为师友的追求。

《橘颂》是诗史上第一首咏物诗，被誉为"**咏物之祖**"，南朝文学理论家刘勰用"**情采芬芳**"来评价它。屈原礼赞橘树，其实是以橘树自比，抒发自己追求完美人格的志趣。诗中这类写法比比皆是——

"**受命不迁，生南国兮。**"橘树扎根南方大地，类比诗人对楚国的矢志不渝。

"**精色内白，类可任兮。**"橘子外表色泽明亮，内在纯洁，如同人内外兼修。

"**苏世独立，横而不流兮。**"橘如君子卓然独立而不随波逐流。

严格地说，咏物的写法并非源于屈原，《诗经》里已经有了咏物诗，如《周南·桃夭》："**桃之夭夭，灼灼其华。**"描绘了春天桃花盛开的绚烂景象，只是诗作并没有将桃花与人格、与家国情怀关联。

屈原选择"橘"作为抒情对象绝非偶然。战国时，丹橘被视为"**果之美者**"。位于今天四川、湖北一带的巴国盛产一种卢橘，因为味道好，颜色鲜亮，常被用来作为馈赠礼物，又叫给客橙（古人对物种的分类比较粗浅，橘、柑、橙生长的地理环境相似，口味也差不多，一般都归为橘类）。橘不仅可口，还养眼宜人。树冠高大的橘树枝叶茂密，外观漂亮，橘园是人们郊游玩耍的好去处。这种在南国随处可见，组成楚人日常生活一部分的植物，也成为楚国最有代表性的植物，被屈原视为**故乡的象征**。

他笔下的橘树不但有了生命，而且有了性格，此后不断有人效仿屈原，借橘表达心志。唐代**张九龄**被贬至荆州，写过一首《感遇·江南有丹橘》，赞颂橘树不畏严寒，四季常青，表达自己不与奸佞同流合污的决心。宋代**苏轼**在《赠刘景文》中，称初冬"橙黄橘绿时"是一年中最好的时节，勉励朋友要乐观向上，不要沉沦丧气。这里的橘则代表着初冬的生机盎然。

《橙黄橘绿图》

赵令穰
所属时代：宋代
现存地：台北故宫博物院

画中两岸橘树遍植成林，一粒粒果实惹人垂涎，正符合苏轼笔下"一年好景君须记，最是橙黄橘绿时"的诗情。

咏物诗

屈原创作《橘颂》之后，托物言志成为中国诗歌的重要创作体裁，自然界中的万物，大至山川河岳，小至花鸟虫鱼，都可以成为诗人描摹歌咏的对象。

植物：碧玉妆成一树高，万条垂下绿丝绦。（贺知章《咏柳》）

动物：鹅，鹅，鹅，曲项向天歌。白毛浮绿水，红掌拨清波。（骆宾王《咏鹅》）

气象：好雨知时节，当春乃发生。随风潜入夜，润物细无声。（杜甫《春夜喜雨》）

建筑：斯是陋室，惟吾德馨。苔痕上阶绿，草色入帘青。谈笑有鸿儒，往来无白丁。（刘禹锡《陋室铭》）

诗和诗的影子

文学意象，指的是文学作品特别是诗歌中，那些蕴含独特内涵而让读者获得言外之意的艺术形象。在中国古典文学中，像"春风""红烛"等，都是使用频率很高的经典文学意象。屈原这位天才诗人在他的诗世界里自由创作，大胆想象，很多意象都是源自他。经过一代代人沿用借鉴，慢慢变成今天我们熟悉的典故。从文学史的角度理解，**屈原的意象正是对《诗经》"比""兴"手法的继承和发展**。

渔父

渔父和渔夫可不是一回事儿！"父"同"甫"，读三声，是古代对老年男子的尊称。最早的渔父的形象来自《庄子·渔父》篇与屈原的《渔父》。在前者，渔父代表庄子的道家学派，主张君子应效法自然，驳斥以孔子为代表的儒家学派。后者的渔父，有点像屈原脑海里一个代表世俗发问的声音，通过对答引出诗人的观点：**世人皆浊，何不淈其泥而扬其波？众人皆醉，何不餔其糟而歠其醨？**

既然世人皆浑浊，你为何不搅浑泥水而兴风作浪？既然众人都迷醉不醒，你为何不随他们浮沉其中？话虽这么说，可实际上诗人当然不赞同随波逐流——不然他就这样做了。渔父只是想劝三闾大夫想开一点儿，远离烦恼，尽管他深知执着家国责任的屈原，是不可能接受自己的建议的。这么看来，这篇文章所写的屈原和渔父，是不是很像现实中**诗人矛盾的正反两面**呢？

渔父在文末高唱歌谣"**沧浪之水清兮，可以濯吾缨；沧浪之水浊兮，可以濯吾足**"，拱手辞别，消隐于山水之中。旷达隐逸的渔父，自此成为中国传统文化中隐者与智者的象征。

后世借用渔父这一意象的诗人有很多——

李白《宣州谢朓楼饯别校书叔云》：
"人生在世不称意，明朝散发弄扁舟。"

张志和《渔歌子》：
"青箬笠，绿蓑衣，斜风细雨不须归。"

柳宗元《江雪》：
"千山鸟飞绝，万径人踪灭。孤舟蓑笠翁，独钓寒江雪。"

苏轼《临江仙》：
"小舟从此逝，江海寄余生。"

你还知道其他使用这一意象的诗文吗？

香草美人

屈原最有名的意象当然要数"香草美人",这是他开创性的发明。兰花、杜衡、芳芷等芬芳优美的植物,在屈原的诗篇中摇曳生姿,象征理想的贤才、高洁的品德。"美人"不仅指面目姣好的女子,更是崇高美好品性的象征,有时用以比喻君子。此外,忠贞的大诗人多用"美人"指代楚王,自己则化身为对"美人"痴心绝恋、苦苦追求的男子。比如,屈原组诗《九章》中有一首诗就直接题为《思美人》,《离骚》中也有向五位高贵女性求婚不得的描写。

用男女之间的爱情来象征君臣关系,可以说是屈原的首创。也许在他看来,爱情是最纯洁神圣的感情,所以被他用来比拟心目中同等重要高贵的君臣情意,是他炽烈情感的外化。这种象征手法在中国文学史中绵延了两千多年。后世不少士大夫写的爱情诗,也许真的只是歌咏爱情,却往往被解读为寄寓君臣、家国之情的诗篇,比如杜甫的《佳人》就是一个典型。不过有意思的是,后代诗人虽模仿屈原,却偷换了对象,诗人们多以冷落哀怜的"美人"自喻,君王则成了主宰"美人"命运的男子。**像屈原这样,将女性地位抬到至高,实属少见**。

佳人 [唐] 杜甫

绝代有佳人,幽居在空谷。自云良家子,零落依草木。
关中昔丧乱,兄弟遭杀戮。官高何足论,不得收骨肉。
世情恶衰歇,万事随转烛。夫婿轻薄儿,新人美如玉。
合昏尚知时,鸳鸯不独宿。但见新人笑,那闻旧人哭。
在山泉水清,出山泉水浊。侍婢卖珠回,牵萝补茅屋。
摘花不插发,采柏动盈掬。天寒翠袖薄,日暮倚修竹。

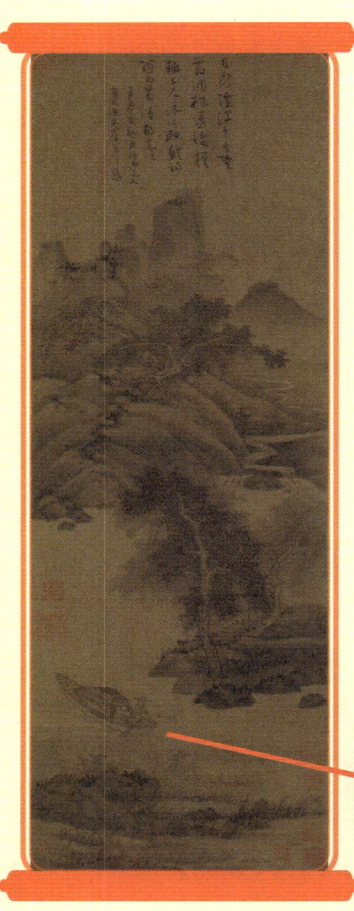

《渔父图》

吴镇
所属时代：元代
现 存 地：故宫博物院

画中一渔父驾小舟逍遥于湖光水色之间，给人以隐身山林、远离世俗的感觉。渔父也是古代绘画的一个著名画题，众多画家都创作过《渔父图》，尤其在宋、元，画家多在遗世独立的渔父身上寻找寄托。

《秋风纨扇图》

唐寅　　所属时代：明代　　现 存 地：上海博物馆

汉代才女班婕妤曾是汉成帝的宠妃，后来赵飞燕姐妹入宫，很快成为皇帝新欢，班婕妤备受冷落，于是搬进长信宫侍奉皇太后。据传乐府诗《怨歌行》便是班婕妤久居深宫时写的，记录了她从得宠到失宠的凄凉遭遇。她用团扇自比，夏季炎热，扇子自然备受喜爱，可一旦天气转凉便被丢进箱子，无人问津。美人、扇子、秋风，后来常被文人用来比喻不由自己的仕途遭遇。

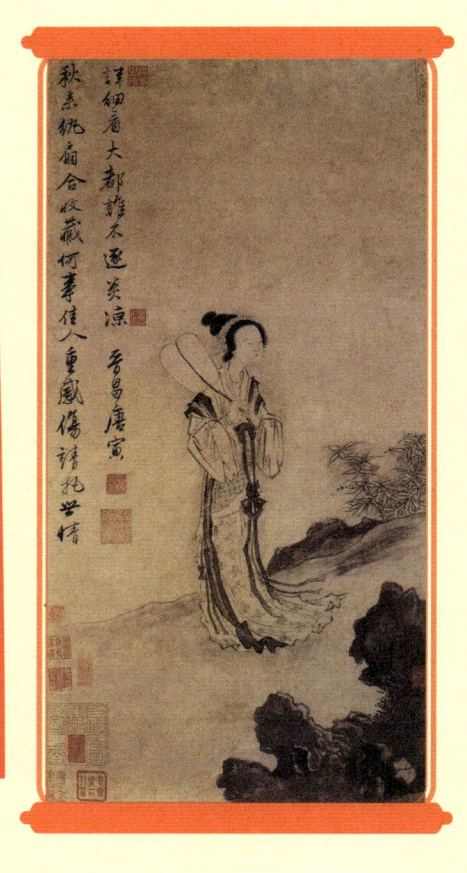

屈原的植物园

你可能不知道，我们的大诗人还是位植物爱好者。

长江以南是温暖的千里泽国，在疆域广阔的楚国，烟波浩渺的江湖和气象万千的山川孕育了丰富多样的植被。我们读屈原诗作的时候一定能感受到，屈原是多么热爱家乡的旖旎山色和他身边的花花草草。除了专篇《橘颂》，大部分出现在诗人笔下的植物都被赋予人格，根据它们的特点而分为**"香草"和"恶草"**，"香草"大多香气怡人、花朵绚烂、果实甜蜜，是品性高洁的君子的象征，与它相对的自然是"恶草"，一般遍体生刺、果实酸涩，很不美好。

就让我们走进屈原的植物园，遍览古楚国的自然风情吧！

蕙（香草）

【别称】
罗勒、九层塔、零陵香、香佩兰

【出处】
《离骚》《九歌·东皇太一》《九歌·少司命》等八篇

【特性】
蕙多生长在潮湿温热的环境，因为顶部像宝塔一样层层叠起，又被称为九层塔。叶色碧绿，花朵小巧而呈淡紫色，通体散发着类似茴香的香气，因此常在古代的祭礼中做熏香用。

余既滋兰之九畹兮，
又树蕙之百亩。

（我栽培了大片的春兰，又种植了很多蕙草。）

——《离骚》

兰（香草）

【别称】
泽兰

【出处】
《离骚》《九歌·云中君》《九歌·礼魂》等八篇

【特性】
泽兰多生长在沼泽地和水边，孔子称它的香气为"王者之香"，是最常用来比喻君子的植物。在古代，只有品德高尚的人才有资格佩戴泽兰，屈原自己也经常随身佩戴它。

浴兰汤兮沐芳，
华采衣兮若英。

（在散发着泽兰香气的热水中沐浴，穿上色彩艳丽的华服。）

——《九歌·云中君》

江离（香草）

【别称】
蘪芜、川芎、芎䓖

【出处】
《离骚》《九歌·少司命》《九章·惜诵》等

【特性】
伞形科植物。江离的香气特殊，是类似香菜、芹菜等蔬菜的清新气味。古人在农历四五月间，采江离叶煮羹或制成饮品。此外，江离在古代也是一味重要药材，《本草纲目》中说它"专治头脑诸疾"，有活血化瘀之用。

播江离与滋菊兮,
愿春日以为糇芳。

（播种下江离与菊花，到了春天可以做成芳香的干粮。）

——《九章·惜诵》

荪（香草）

【别称】
菖蒲

【出处】
《离骚》《九歌·湘君》《九歌·少司命》等五篇

【特性】
菖蒲叶色深绿，香气浓烈，是古代祭祀时的重要道具——将酒倒在成束的菖蒲叶上，表示神明已领受祭品，这一过程称为"缩酒"。此外，"荪"在古代常用来代称君王，例如"荪独宜兮为民正"，这里的"荪"指代的就是少司命。

薜荔柏兮蕙绸,
荪桡兮兰旌。

（用薜荔饰船舱，蕙草饰幕帐，兰草饰旌旗，荪草饰船桨。）

——《九歌·湘君》

茅（恶草）

【别称】
白茅、茅针

【出处】
《离骚》

【特性】
白茅是一种野草，在低海拔地区俯拾皆是。它的种子有白色绒毛，随风到处飘扬，落地生根。白茅生命力旺盛，不择土性，即使在贫瘠的土壤中也可存活，常常侵蚀其他植物的生长空间。屈原用它形容在朝廷中排挤正人君子的奸佞小人。白茅的根茎粗壮柔韧，常被用来制作绳索；秆直立少叶，是古人占卜的道具。

兰芷变而不芳兮，
荃蕙化而为茅。

（泽兰和白芷失去了芳香，荃草和蕙草也都变成了白茅。）

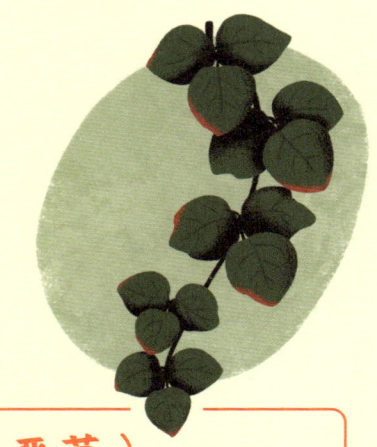

——《离骚》

葛（恶草）

【别称】
葛藤

【出处】
《九歌·山鬼》

【特性】
葛藤的用途广泛，根、茎、叶、花均可药用、食用，茎皮纤维可以织成葛布，制作葛衣、葛鞋。在周朝，还有"掌葛"的官员，专门负责向山民征收葛藤。葛藤茎长可达十余米，常常与其他植物缠结或盘绕在树上，抢占养分。诗人常用它来比喻吏治腐败、奸邪当道的楚国王室。

采三秀兮于山间，
石磊磊兮葛蔓蔓。

（在山间采摘延年益寿的灵芝，岩石层叠，葛藤蜿蜒盘绕。）

——《九歌·山鬼》

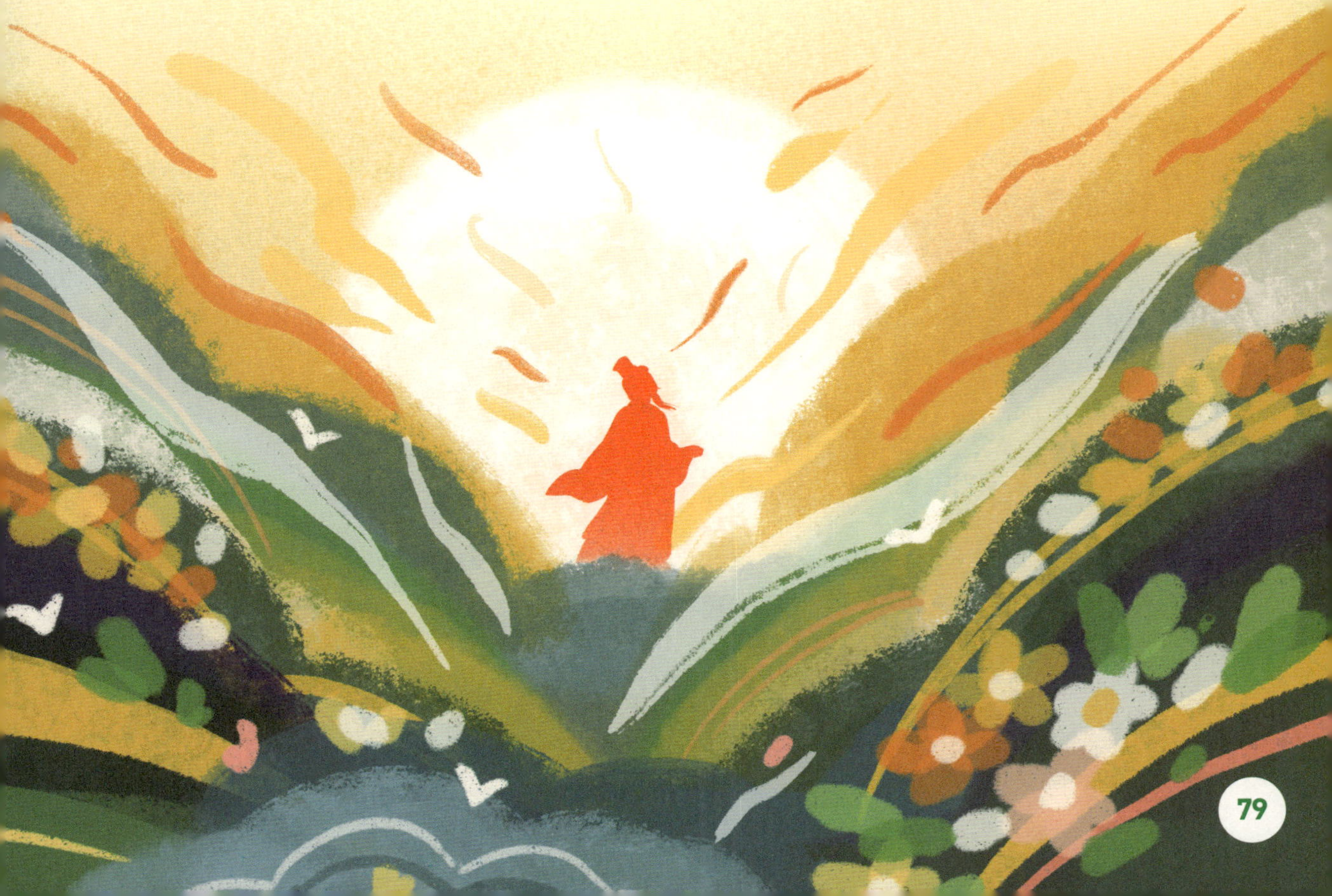

第三章
屈原和我们的今天

屈原的文学遗产

屈原用他那些融合了楚地方言、植物、神话等元素的长篇诗歌，开辟了一条与《诗经》截然不同的创作之路，以一己之力为后来的文学创作者们打开了好多扇新世界的大门。他去世后，楚国有人开始模仿屈原写作，其中最著名的是士大夫**宋玉**，他写过《九辩》《高唐赋》《神女赋》《风赋》等文辞精美的名篇，从中能找到不少屈原作品的影子。后来人们梳理文学史时，通常把宋玉看作一位成功的追随者，文学成就自然无法超过开创这一文体的屈原。

楚国灭亡后的很长一段时间里，屈原和宋玉等人的诗篇只是在民间流传。当时的文人读到屈原的诗篇如获至宝，将他视为偶像，不仅创作上模仿屈原，更认为偶像可与日月争光。这些带有屈原风格的作品后来**被一个叫刘向的人汇编成集，名《楚辞》**，其中当然也收录了屈原的大量作品。

如果说《诗经》是一部民间歌谣合集的话，那么《楚辞》就是屈原及其继承者的作品合集，屈原无疑是这部合集的灵魂，他们的影响一直延续至今。

影响一：诗歌形式的解放

《楚辞》创造了一种新的诗歌形式，它的创新是相对之前的《诗经》而言的。最明显的是从规规矩矩的四字短句，变成了富有变化的长句，加上楚地方言中的语气词"兮""些"等，使诗变得更加飘逸灵动，更有诗的自由。由于《离骚》是《楚辞》中最典型的代表作，所以这类辞赋的体式又被称为"**骚体**"。汉代皇帝刘邦作《大风歌》唱"**大风起兮云飞扬**"，西楚霸王项羽《垓下歌》中的"**力拔山兮气盖世**"，都承自"骚体"。一旦不再局限于有限的字数、句调，诗人就拥有了更广阔的表达空间，才会有《离骚》这样往复缠绵、委曲详尽的旷世之作。另外，《楚辞》的语句行文更注重渲染与形容，用词繁复瑰丽，为深刻的思想表达赋予了形式的美感。

影响二：放飞诗歌的想象力

浪漫，是《楚辞》最突出的精神气质，它是追逐理想时不惜代价的执着，也是表达自我时毫无保留的坦诚，还是我们很难在后世作品中看到的奔放肆意的喷薄想象。《离骚》《九歌》《招魂》中收录了不少神话形象，这些诗歌将**原始宗教、神话与诗人对现实的体验思考**结合在一起，使得它们虽然时而缥缈迷离，时而诡谲神奇，却仍能带给人们关乎现实的启发与慰藉。后世如"诗仙"李白笔下的"**霓为衣兮风为马，云之君兮纷纷而来下**"，"诗鬼"李贺诗中的"**昆山玉碎凤凰叫，芙蓉泣露香兰笑**"，都有"楚辞"的影子。

影响三：成为文人骚客的心灵依托

《楚辞》中有很大篇幅都在写诗人的怀才不遇。而历代文人每当遇到与屈原相似的困境时，也总能从《离骚》《惜诵》的诗句中寻得心灵的依托。他们写了很多关于自己人生逆旅的诗作，如张九龄的"**草木有本心，何求美人折**"，李商隐的"**神女生涯原是梦，小姑居处本无郎**"，辛弃疾的"**浑欲乘风问化工，路也难通，信也难通**"，等等，皆可谓千百年间的文人在上下求索的漫漫长路上，与屈原"同销万古愁"，而怀才不遇的诗题也由《楚辞》开始**成为中国古典文学最重要的文学命题**之一。

漫长的中国文学史中，贯穿着两条蜿蜒伸展的线索，一条是《诗经》开辟的平正朴质的现实主义风格，另一条就是《楚辞》引领的浪漫主义。我们以后阅读古代的文学作品时，不妨思考一下它的源头在何处。

你的名字来自《楚辞》吗？

中国人取名字素来有"女《诗经》，男《楚辞》，文《论语》，武《周易》"的说法。《楚辞》的诗篇辞藻缤纷富丽，既有寓意深远、清高脱俗的词语，又不乏形容神女、芳草的美好意象，很多人在给新生儿取名、找笔名，甚至给小说角色起名时，都喜欢从中寻找灵感。

他们的名字与《楚辞》有关

戴望舒

诗人、翻译家，代表作《雨巷》等。

"望舒"取自《离骚》："**前望舒使先驱兮，后飞廉使奔属。**"

传说望舒是为月亮驾车的月神，这一句意为屈原从昆仑山乘风而上到九霄漫游，月神望舒为前驱，风神飞廉为后卫。

朱自清

散文家、诗人，代表作《背影》等。

"自清"取自《卜居》："**宁廉洁正直以自清乎？**"

这是屈原被流放时请人为自己占卜时所作。朱自清1917年报考北京大学时改名，以勉励自己于困境中仍能保持自我。

这些在名字中很常见

芷
出自《离骚》："**扈江离与辟芷兮，纫秋兰以为佩。**"
江离、芷、秋兰皆为香草，芷在楚辞中经常出现。这里诗人用身披香草来表明自己无论在如何恶劣的情境下都能洁身自好。

茹
出自《离骚》："**揽茹蕙以掩涕兮，沾余襟之浪浪。**"
"蕙"是一种香草，"茹"则形容其柔软。这里屈原哀叹自己生不逢时，拿起柔软的蕙草掩面痛哭。

荃
出自《离骚》："**荃不察余之中情兮，反信谗而齌怒。**"
"荃"是一种香草，这里喻指楚王。此处意为君王不能明察我的忠心，听信谗言便迁怒于我。

若英
出自《九歌·云中君》："**浴兰汤兮沐芳，华采衣兮若英。**"
"若英"意为如花一般美丽。这里形容天神云中君的美好。

骐骥
出自《离骚》："**乘骐骥以驰骋兮。**"
"骐骥"意为骏马，也经常作为人名出现。

芳华
出自《九章·思美人》："**芳与臭其杂糅兮，羌芳华自中出。**"
芳香与污秽混杂在一起，仍无法掩盖花之芬芳。诗人用来表达自己深邃的内心与高洁的品质必然会发光。

这些做名字很好听

凯风
出自《远游》:"**顺凯风以从游兮,至南巢而壹息。**"

"凯风"意指和暖的风,即为南风。这里描写诗人乘着南风四处游历,到南巢稍作休息。

安歌
出自《九歌·东皇太一》:"**扬枹兮拊鼓。疏缓节兮安歌,陈竽瑟兮浩倡。**"

"安歌"意为歌声悠然,这里描写祭祀东皇太一时鼓声响起,舒缓而不失节奏,且歌声悠扬。有唐诗云:"安歌送好音。"

展诗
出自《九歌·东君》:"**翾飞兮翠曾,展诗兮会舞。**"

"展诗"意为赋诗吟诗,这里描写的是祭祀东君的场景。"翾飞"意为飞翔。

诚勇
出自《九歌·国殇》:"**诚既勇兮又以武,终刚强兮不可凌。**""诚勇"正是内心勇敢之意。

承宇
出自《九章·涉江》:"**霰雪纷其无垠兮,云霏霏而承宇。**"

"宇"即屋檐,这里指的是云气与屋檐相连的情景。

屈原和他的读者知己

唐代诗人高适送别好友时曾赠诗："莫愁前路无知己，天下谁人不识君？"这一千古名句，送给屈原也未尝不可。屈原是一个惊才绝艳的诗人，他生前难以求得楚王的信赖，又被其他臣子孤立陷害，所以才会发出一声"举世皆浊我独清，众人皆醉我独醒"的长叹！然而，投江而逝的他可能不会想到，千百年来随着他的诗篇流传，有那么多人将他引为知己，跨越时空，同喜同悲。

西汉追随者

贾谊

汉代第一篇纪念屈原的文章，是西汉初年文学家贾谊模仿偶像文风所作的《吊屈原赋》。贾谊的人生与屈原一样坎坷，都曾深受君王信任又遭到贬谪，这让他与屈原产生了跨越时空的共鸣。

司马迁

或许正因为屈原和贾谊的相似性，屈原的另一位粉丝司马迁才将两人写在同一篇文章里（《史记·屈原贾生列传》），并感叹："信而见疑，忠而被谤，能无怨乎？"可怜两人诚心对待君主反而被怀疑，为人忠诚却被奸臣诽谤。

刘彻

汉武帝刘彻以其雄韬伟略留名青史，而他也是位酷爱辞赋的文学爱好者，还是屈原的粉丝。他不光让叔父淮南王刘安为《离骚》作"传"，还曾效仿屈原作了首浅白的小诗："秋风起兮白云飞，草木黄落兮雁南归。兰有秀兮菊有芳，怀佳人兮不能忘。……"（《秋风辞》）

大唐追随者

李白
唐代很多诗坛巨星都是屈原的粉丝。李白写诗喜欢融合神话与历史，亦幻亦仙的诗意可谓继承了屈原的神韵。此外他还积极为偶像摇旗呐喊，一句"屈平辞赋悬日月，楚王台榭空山丘"，将偶像拔高到与日月齐辉的高度。

杜甫
杜甫深深为屈原诗中体现的爱国忧思所打动，"窃攀屈宋宜方驾，恐与齐梁作后尘"——写诗也要像屈原一般兼具文采与风骨，可不能写南朝齐、梁那种浮华艳丽没内涵的诗啊。

两宋追随者

苏轼
把屈原比作日月的还有北宋文豪苏轼，他从小便熟读《离骚》，还把《离骚》大力推荐给别人，说它是每个学诗之人的必读篇目。作为当时公认的天才型学霸，苏轼认为古往今来万千文人中，他最仰慕且一生都无法超越的"惟屈子一人耳"，可谓最忠实的铁杆粉丝！

陆游与文天祥
而对于南宋诗人陆游与文天祥来说，他们更能理解屈原对国破民离散的忧心，且感同身受。陆游报国无门时，不禁长叹"离骚未尽灵均恨，志士千秋泪满裳"；文天祥遭到诬陷后，为表明心志则写下"我欲从灵均，三湘隔辽海"的无奈感慨。

现代追随者

鲁迅
认为屈原的诗作"其影响于后来之文章，乃甚或在三百篇以上"。

闻一多
他给学生讲《楚辞》时，常常高吟："痛饮酒，熟读《离骚》，方可为真名士。"

美味的纪念

对中国人来讲，元宵节吃汤圆，端午节吃粽子，中秋节吃月饼，是再正常不过庆祝传统节日的方式。不过三大传统节日中，农历五月五日的端午节似乎有点专为屈原而设的感觉。其实，**早在屈原之前，在农历五月五日那天吃粽子、赛龙舟等习俗就已存在了**。那么从什么时候起，屈原与这些习俗绑定在一起，让农历五月五日的端午节成了屈原的纪念日？

回答这个问题前，我们需要先弄清楚：为什么农历五月五日可以成为一个特定的节日？很久很久以前，先民们便发现，一到五月，蛇、蝎、蜂、蜈蚣等毒虫就出来活动，有时不小心被咬上一口，受伤发炎，可能就有生命危险。此外，进入五月后，天气开始转热，不光传染病容易传播，吃得不对还容易拉肚子。这段时间让人难受的地方太多了，着实不太讨人喜欢。如果说五月都是不吉利的，那么对他们来说，农历五月五日是整个五月中最不吉利的一天，谁不幸在这一天出生，很可能会被父母狠心遗弃（北宋皇帝宋徽宗便"不幸"出生在这天，后来还特意改了生日的日期）。后来人们发现，在这天去除霉气的最好方式就是采集药草，用药草水来泡澡，因为五月时药草效力最强。时间久了，**五月五日便成了古人"驱邪祛毒"的特定节日**。

粽子出现！

除了五月五日，古人认为夏至这一天也十分重要，因为这天是一年中日照时间最长的一天。他们习惯在夏至这一天吃粽子，当时称作"角黍"。黍去壳后就是黄米，是当时重要的粮食作物，被尊为"**五谷之长**"，可当作主食，也能拿来酿酒。黍在《诗经》中经常出现，如"**硕鼠硕鼠，无食我黍**"（大老鼠呀大老鼠，不许吃我种的黍）。由于夏至这一天与五月五日比较接近，渐渐地，人们也开始习惯在五月五日这天吃粽子。

唐朝才开始称五月五日为"端午"

很长一段时间里，民间都是称农历五月五日为"**仲夏端五**"——"端"是最初的意思，每个月的第一个逢"五"的日子，就是"端五"。到了唐朝，因为皇帝唐玄宗的生日是农历八月五日，即"八月端五"，为了讨好皇帝，有大臣建议以"端午"代替以前常用的"仲夏端五"。

为什么是"午"呢？古代以十二地支配称十二个月，正月为寅月，之后按"子丑寅卯"地数一下，到了五月刚好是"午"，"端五"由此变成了"端午"。此后，唐诗中也开始出现"端午"二字。比如唐玄宗就写过"**端午临中夏，时清日复长**"。而且，**唐朝还将端午节定为官方认可的法定节假日**，休假一天，皇帝还会带头庆贺，君臣互赠礼物。

屈原何时与端午节、赛龙舟关联了起来？

看来，粽子和端午节的起源确实远在屈原之前，那么屈原又是什么时候和它们关联在一起的？

屈原死后四百多年，东汉一个叫应劭的学者在书里写道：五月五日这天，人们会在胳膊上系五彩绳，辟邪祛病，同时也是为了纪念屈原。至于屈原与端午节吃粽子是怎么联系在一起的，还得从南朝梁时（此时距屈原去世已过去七百多年）一个叫吴均的人写的书说起。书中有一则故事讲的正是屈原投汨罗江，楚国人悲痛不已，便在端午这天用竹筒贮米投到水中，以为祭奠。就这样投了三百多年。有一天，有个人与屈原的灵魂偶遇了。屈原对他说："感谢你们年年祭奠我，但是你们投给我的竹筒粽子都被江中的蛟龙偷走了，以后能不能把五彩绳与叶子绑在粽子上面，这样蛟龙就不敢偷吃了。"此后，人们便照屈原的话办。到了唐代，糯米又取代了黍，渐渐成为我们今天吃的粽子。

值得一提的是，湖北、湖南各地还衍生出"**大小端午**"的习俗，例如在屈原被放逐的溆浦、辰溪、泸溪一带，民间就有过"大端午"的习俗。五月五日是"小端午"，吃粽子；五月十五则是"大端午"，赛龙舟。据说当年屈原在五月五日投江后，十天左右消息传到当地，人们便纷纷划龙舟，以祭祀水神，护佑屈原。

其实，赛龙舟的习俗早在屈原出生之前就已存在。当时的百姓出于对龙的崇拜，在五月五日举行盛大的活动，届时他们会将各种食物装在竹筒或者叶子里，扔到水中，还会举办龙舟竞渡活动。只是随着时间推移，人们对屈原的爱越来越深，**愿意把重要的端午节转让给他**，把他的名字嵌进一个与他无关的节日和习俗里。这也可看出人们的生活里，是如何地不能缺少他。

追寻大诗人的足迹

千百年来，人们一直没有停止以各种各样的方式纪念屈原，其中既有后人追念他而修建的屈子庙，也有为他设立的衣冠冢。人们把端午节、赛龙舟、粽子、五彩绳也都打上了他的印记。沧浪之水清兮浊兮，它带走了屈原，却无法阻止人们一直追寻屈原的脚步。

屈原故里

地点：湖北省宜昌市秭归县

秭归县被认为是屈原的故乡，同时也是楚文化发源地之一。东晋袁山松的《宜都记》中曾记载："**秭归，盖楚子熊绎之始国，而屈原之乡里也。**"北魏的郦道元在《水经注》中沿用了这一说法，**秭归便逐渐成为后世凭吊屈原的必经之地。**秭归纪念屈原的遗迹主要是屈原祠，此外还有一座保存至今的明代屈原石像。现在所见屈原祠是后来新建的，原址在秭归县以东的屈原沱处。相传屈原投江后，有神鱼负其尸身回归故里，在此安葬，因而建祠。屈原祠始建于唐朝，1080年，宋神宗尊封屈原为"清烈公"，将这里修缮一新，并改名为"清烈公祠"。南宋爱国诗人陆游还曾到此凭吊屈原，留诗《楚城》："**江上荒城猿鸟悲，隔江便是屈原祠。一千五百年间事，只有滩声似旧时。**"20世纪70年代后，因兴修水利，"清烈公祠"两次搬迁，现址位于秭归县凤凰山，并改名为"屈原祠"。屈原祠外的牌楼上有郭沫若于20世纪50年代到访原址时的亲笔题词"屈原故里"。

屈子祠

地点：湖南省汨罗市

汨罗市屈子祠，又名屈原庙、三闾庙，位于屈原殉难的汨罗江畔。据晋代《拾遗记》记载，**战国时期就有楚人为屈原修建庙宇**，汉代犹存，还有碑文记载。此后的岁月里，庙宇经历多次洪水侵蚀冲毁，但又被当地民众数次重建。唐朝时期，唐玄宗曾下令重建，并更名为"汨罗庙"。此后庙宇在明清数百年间屡毁屡建，直到乾隆年间（1754年），重修庙宇并迁移到玉笥山上，这就是现在的屈子祠。屈子祠外有独醒亭，亭前有石碑记载明朝嘉靖年间的《重修独醒亭记》。据说，屈原流放汨罗期间，常在玉笥山下的渡船亭与渔民谈心，后人为了纪念他，便将渡船亭改名为"独醒亭"，取"**众人皆醉我独醒**"之意。值得一提的是，北京陶然亭公园西南角的园中园里也有一个独醒亭，正是仿建了汨罗的这座。

屈原成语词典

我们现在使用的很多成语都与屈原有关。他的文采与浪漫影响着中国文学的各个领域，成就了大量简短精辟、思想深刻的成语，数量之多，也许会令你大吃一惊。

斑驳陆离

释义： 多种颜色错杂在一起，形容色彩缤纷。

出处： 《离骚》："吾令凤鸟飞腾兮，继之以日夜。飘风屯其相离兮，帅云霓而来御。纷总总其离合兮，斑陆离其上下。"

初度之辰

释义： 出生之时，是自称生日的词语。

出处： 《离骚》："皇览揆余初度兮，肇锡余以嘉名。"

不知所从

释义： 不知怎么办好，形容拿不定主意。

出处： 《卜居》："心烦虑乱，不知所从。"

春兰秋菊

释义： 春天的兰花，秋天的菊花。比喻各有所长，各有值得称赞的地方。

出处： 《九歌·礼魂》："春兰兮秋菊，长无绝兮终古。"

弹冠振衣

释义： 整洁衣冠，指准备出仕为官。

出处： 《渔父》："新沐者必弹冠，新浴者必振衣。"

与世推移

释义： 能适应时代或形势的变化而变化。

出处： 《渔父》："渔父曰：'圣人不凝滞于物，而能与世推移。'"

独清独醒

释义： 不与世俗同流合污。

出处： 《渔父》："屈原曰：'举世皆浊我独清，众人皆醉我独醒，是以见放。'"

何去何从

释义： 离开哪里，走向哪里。比喻在重大问题上艰难选择。

出处： 《卜居》："此孰吉孰凶？何去何从？"

短兵相接

释义： 刀剑相碰。指近距离厮杀、搏斗。

出处： 《九歌·国殇》："车错毂兮短兵接。"

狐死首丘

释义： 狐狸临死前，会把头朝向狐穴所在的山丘。比喻人对故乡、故国的思念。

出处： 《九章·哀郢》："鸟飞反故乡兮，狐死必首丘。"

怀瑾握瑜

释义： 比喻人的品德高尚，像美玉一样纯洁。

出处： 《九章·怀沙》："怀瑾握瑜兮，穷不知所示。"

久病成医

释义： 病久了对医理就熟悉了。比喻对某方面的事见识多了，积累了足够的经验就能成为这方面的行家。

出处： 《九章·惜诵》："吾闻作忠以造怨兮，忽谓之过言。九折臂而成医兮，吾至今而知其信然。"

黄钟毁弃，瓦釜雷鸣

释义： 上好的乐器弃之不用，却把陶制的大锅敲得发出雷鸣般的响声。比喻有才德的人被弃之不用，无才德的平庸之辈却被重用，居于高位。

出处： 《卜居》："世溷浊而不清，蝉翼为重，千钧为轻；黄钟毁弃，瓦釜雷鸣；谗人高张，贤士无名。"

九死不悔

释义： 形容意志坚定，无论经历多少危险，也绝不动摇退缩。

出处： 《离骚》："亦余心之所善兮，虽九死其犹未悔。"

吉日良辰

释义： 吉利的日子，美好的时辰。常用来形容适合结婚的好日子。

出处： 《九歌·东皇太一》："吉日兮辰良，穆将愉兮上皇。"

九死一生

释义： 形容历经多次危险而幸存下来。

出处： 《离骚》："亦余心之所善兮，虽九死其犹未悔。"刘良注："虽九死无一生，未足悔恨。"

举世混浊

释义： 世上所有人都不清白，比喻世道昏暗。

出处： 《离骚》："世混浊而不分兮。"

刓方为圆

释义： 把方的削成圆的，比喻忠诚直率的性格被世俗所改变。

出处： 《九章·怀沙》："刓方以为圜兮，常度未替。"

美人迟暮

释义： 比喻因日趋衰落而感到悲伤怨恨。

出处： 《离骚》："惟草木之零落兮，恐美人之迟暮。"

心烦意乱

释义： 心情烦躁，思绪杂乱。

出处： 《卜居》："屈原既放，三年不得复见。竭知尽忠，而蔽鄣于谗。心烦虑乱，不知所从。"

人心不足蛇吞象

释义： 比喻人心贪婪，像蛇要吞掉大象一样。

出处： 《天问》："一蛇吞象，厥大何如？"

颜色憔悴／形容枯槁

释义： 形容身体瘦弱，面色枯黄，精神萎靡不振。

出处： 《渔父》："屈原既放，游于江潭，行吟泽畔，颜色憔悴，形容枯槁。"

一概而论

释义： 用同一个标准衡量不同的事物。形容对问题不做具体分析，用同一眼光看待或用同一方法处理。

出处： 《九章·怀沙》："同糅玉石兮，一概而相量。"

云程发轫

释义： 青云万里的路程启车出发，是祝福对方前程远大的颂词。

出处： 《离骚》："朝发轫于苍梧兮，夕余至乎县圃。"

阴阳易位

释义： 君弱臣强，或地位相差巨大的人互换位置。

出处： 《九章·涉江》："阴阳易位，时不当兮。"

葬身鱼腹

释义： 尸体被水中的鱼吃掉，指葬身水中。

出处： 《渔父》："宁赴湘流，葬于江鱼之腹中。安能以皓皓之白，而蒙世俗之尘埃乎！"

郁郁寡欢

释义： 形容闷闷不乐的样子。

出处： 《九章·抽思》："心郁郁之忧思兮，独永叹乎增伤。"

瞻前顾后

释义： 看看前面，又看看后面。形容做事之前考虑周密，也形容思虑太多，犹豫不决。

出处： 《离骚》："瞻前而顾后兮，相观民之计极。"

图书在版编目（CIP）数据

屈原：仰望苍穹叩问天 /《国家人文历史》著；
李思苑绘. -- 北京：中信出版社，2024.8
（你好！大诗人）
ISBN 978-7-5217-3926-8

Ⅰ. ①屈… Ⅱ. ①国… ②李… Ⅲ. ①屈原（约前340-约前278）-诗歌欣赏 Ⅳ. ①I207.22

中国版本图书馆CIP数据核字（2022）第007951号

屈原：仰望苍穹叩问天
（你好！大诗人）

著　　者：《国家人文历史》
绘　　者：李思苑
出版发行：中信出版集团股份有限公司
　　　　　（北京市朝阳区东三环北路27号 嘉铭中心　邮编 100020）
承　印　者：北京顶佳世纪印刷有限公司

开　　本：720mm×970mm　1/16　印　张：6.5　字　数：150千字
版　　次：2024年8月第1版　印　次：2024年8月第1次印刷
书　　号：ISBN 978-7-5217-3926-8
定　　价：38.00元

出　　品：中信儿童书店
图书策划：好奇岛
特约主编：熊崧策　　　项目策划：黄国雨　　　本册主笔：李崇寒
特约策划：时光　　　　装帧设计：王东琳　陈翊君　东陈设计（左梦心、房媛、李霓、汪龙意、吴双彤）
策划编辑：鲍芳　明心　责任编辑：陈晓丹　　　营　　销：中信童书营销中心
封面设计：姜婷　　　　内文排版：王莹

版权所有·侵权必究
如有印刷、装订问题，本公司负责调换。
服务热线：400-600-8099
投稿邮箱：author@citicpub.com